目次

〈主な登場人物〉

スタンレー・ホーク　バージルシティ警察署きっての不良刑事。巡査部長。離婚歴あり。

アリスター・ロスフィールド　バージルシティ警察署内部管理課長。警視。アンドロイドのような完璧な美貌と悪魔のような冷徹さを併せもつ人物。

ジン・ミサオ（神　操）　同専属の日本人精神科医。署内勤務者のカウンセリングを担当。

バート・トウィリー　同巡査部長刑事。スタンレーの相棒《パートナー》。

ジム・ウィルスキー　同警部補。スタンレーの堅物な上司。

フランク・サイト　同殺人課係長。警部補。ロスフィールド警視の秘書的存在。

ジョナサン・スミス　同捜査支援課警部。

ミランダ・ラコシ　スタンレーのセックス・フレンド。地方劇場を回る舞台女優。美しく肉感的な女性。

もっと刑事の勘を働かせ親身になってやるべきだったのだ。

だが、今はまだ、迫り来る運命に、スタンレーのみならず、誰一人として気がついている者はいなかった。


署から定時に帰宅できたスタンレーは、久し振りにバージルシティへ戻って来たミランダ・ラコシから逢《あ》いたいと連絡を受けた。

即行で部屋を片付け、ベッドルームを掃除して、シーツを取り替えた。

浴室を磨いている間に、テイクアウトのファストフードを携えてミランダはやってきた。

地方回りの舞台女優であるミランダは、胸元を強調したセクシーなドレスに派手なアクセサリーを身に着け、ダークブラウンの髪を漆黒に染めていた。

「こっちのエドモンドホテルでディナー・アンド・トップレスショーを演《や》るのよ、断っとくけど、ストリップやプライベートダンスじゃないわよ」

そして、ミランダが買えと迫るチケットは、五〇〇ドル。

金額を聞いて半ば気絶しかかりながらも、スタンレーは財布の中から全財産と同額である五〇〇ドルを、彼女に差し出した。

ミランダは容赦なく紙幣を奪いとったが、お慈悲も忘れなかった。

「毎日主役が交代《かわ》るのよ、あたしは水曜日の女王。客の入り具合で翌月の契約が決まるから、上手《うま》くいったらお金は返すわ」

「いや、気にするなよ」

痛手を隠してスタンレーは、五〇〇ドルのチケット一枚くらい、ミランダのためならば何でもない出費なのだと思わせられるように、笑ってみせた。

「二〇区のエドモンドホテルなら申し分ない所さ、レギュラーになれるよう応援するよ」

スタンレーは続けてそう言いながらも、心の裡《なか》では、前借りができるかを考えていた。

判っているミランダは、余分に買えとは要求しない。そして、厚みのある、熟れた果肉みたいな口唇《くちびる》で甘く囁《ささや》いた。

「ねえ、このあたしがプライベートダンスを見せるのは、あんただけよ、スタンレー・ホーク…」

「そいつは、嬉《うれ》しいね…」

兆した欲望を隠さずに、スタンレーはミランダに笑いかけた。

彼女に会った時に訊《き》いてみたいと思っていた、あの電話の謎——ロジャー・ブラウン事件を解決させた新聞記事については——もう後回しにするしかなかった。

濃いアイメイクで強調された彼女の瞳《ひとみ》が、捕らえた獲物を見るように、スタンレーを凝《み》視《つ》め返してくる。

危うく、スタンレーは情欲を解き放ってしまうところだったが、鳶色《とびいろ》の双眸《そうぼう》に睨《にら》みつけられ、達する寸前で凍りついてしまった。

「九月に会った時から変だとは思ってたのよね…、それに、このタトゥーも、いつ彫ったのよ？　あんたらしくないわねぇ……」

長い爪が、スタンレーの胸に彫られたドラゴンの刺青《いれずみ》をなぞってから、突起《ちくび》に触れ、ゴリッと摘《つま》みあげた。

「うわぁッ」

胸許から電流を通されたように、スタンレーが飛びあがった。

ミランダの赤い口唇が、吊《つ》りあがった形で笑みをつくっていた。

「やっぱりね、新しい女ができたんでしょう、浮気者」

心よりも肉体で結びついている二人なのだが、ミランダは浮気を疑って言葉にする。

「そ…そんな、訳ない…」

いつ、「やっぱり」と感じたのか、勘付かれたスタンレーは慌てた。

ますます怪しい雰囲気を察したミランダは、手加減しなかった。

「男って、あんがい乳嘴《ちくび》が弱いのよねぇ」

尖《とが》った爪が、余分な芽を摘み取って間引くかのように、スタンレーを責めたてた。

「ま…てッ、待ってくれよ、ミランダッ」

「待ってってなによ、なんか誤魔化す気ね？　確かに、あたしだって、あんただけとは言えないけど……あたしにはあんたが必要で、あんたも同じだと思ってたわ」

いきり立っていたミランダの熱が、ゆるやかに引いてゆくのにスタンレーは気がついた。経験から推測すると、女が、男に愛想を尽かした時に、こんな風に冷ややかになる。スタンレーは、三か月で破綻《はたん》した結婚生活の最後がリピートされているような錯覚にとらわれ、やるせなさと動揺を感じた。

ミランダが腰を浮かせて、離れてゆく心と同じように、身体を遠ざけた。

「お互いさまだから、あんたが、あたしに飽きて、別にイイ女ができてもしょうがないけど、あたしとセックスしてる間にそれを気づかせるなんて、いくらなんでも、礼儀を弁《わきま》えてないわよ」

巡業する都市のすべてに愛人を持つミランダだが、スタンレー・ホークだけは別格なのだ。だから、割り切っていたはずにも拘《かか》わらず、赦《ゆる》せないのだ。

スタンレーにとっても、それは同じだ。

昔も現在も、ミランダ・ラコシが特別な女であるのは変わりないのだが、もはやスタンレーは自分をコントロール出来なくなっているのだった。

眼が、瞬《まばた》きせずにいられないように、肺が、空気を必要とするように、身体中のどこかで、いつも求めていた。

戸惑っているうちに、身支度を整え、化粧を終えたミランダが立ちあがった。

彼女は、くるりッとステージで回転するかのように、身体をスタンレーの方へ向け、描いた眉《まゆ》を吊りあげた。

「なにしてんのスタンレー。今すぐ、その男のところに案内しなさいよ。あたしが、認めることが出来たら、身を引いたげる」

「待てよ、ミランダ、俺は……」

こんな時に、スタンレーはいつもの精彩を欠いて、「待て…」としか言えずにいる。

アリスター・ロスフィールドという男に惚《ほ》れていたが、スタンレーにはミランダとも切れたくない気持ちが残っている。意識する以上に、その狡《ずる》い気持ちに後ろめたさを感じているため、どうしても歯切れが悪いのだ。

見透かしたようにミランダが口を挟んだ。

「本当は、女と男、二股《ふたまた》掛けたいんでしょ？」

いっそうミランダを怒らせるだろうと察しはついたが、スタンレーは恐る恐る答えた。

「…その…つまり…だな、俺は、こってり料理のお前も好きだが、……意外と、あっさりした料理も…食ってみたら悪くなかった…ってことで…納得してくれないか…な？」

実際のところ、ロスフィールドを薄味《あっさり》というのは合《あ》っていない。

整いすぎた容姿と雰囲気から、不感症のように見えても、彼はかなり感受性の高い方なのだ。

だがスタンレーは、『女と男』『ミランダとロスフィールド』という対比で表そうとした結果、『こってり』の反対に『あっさり』を口走っていた。

呆れたまま、ミランダが肩を怒らせた。

「あんたって最低！　最低の男。もうひとつ訊《き》くけど、いつ、自分がそうだって気づいたのよ？」

誤解されたくないと思うスタンレーが、叫びをあげた。

「俺はゲイじゃないぜ」

当人のスタンレーが認めようが認めまいが既成事実である。ミランダは蠅でも叩《たた》き落とすかのように、打ち返した。

「けど、男と寝てるんでしょ？　悪くなかったんでしょ？」

スタンレーは頭を抱えた。

「ああ…そうだ。だから俺はいま、人生最大の問題にぶち当たってるんだ」

「今さら、あんたの問題なんかどうでもいいわよ」

またも冷たく返したミランダが、スタンレーに詰め寄った。

「とにかく会わせてよ」

結局のところ身を引く気などないミランダは、寛大にして最大の譲歩を表明した。

「あたしが納得したら…、つまり、あたしと釣り合いが取れる男だったら、両天秤《りょうてんびん》かけられて、あげても、い・い・わ・よ」

ミランダの化粧は、いつにも増して、気合いが入っている。自分の美貌《びぼう》と肉体に自信のある彼女は、スタンレーの男と闘う気満々なのだ。

「これから行くのか？」

午後九時を回っていて、とてもロスフィールドを訪問できる時間ではない。いや、何時であっても、ミランダを連れて行くなど、考えられない。

スタンレーはなんとか回避したかったが、ミランダを止める術はなかった。

「当たり前でしょう」

苛《いら》つきながらミランダは、スタンレーが脱ぎ落とした下着を拾うと、ベッドの上へと放りあげた。

「早くしなさいよ」

「とにかく電話してみないと…」

次にそう言ったスタンレーを、ミランダが怒鳴った。

「あんた、馬鹿じゃないの。これから自分の男を寝奪った男のところに乗り込むのに、電話して行く？　普通の神経なら逃げちまうわよ。あんただって、逮捕するのに犯人に電話架けてから行くわけ？」

床に散らばった衣類の中から、ミランダはスタンレーが愛用する三十八口径を見つけだし、ホルスターから銃身を引き抜いた。

「よ、よせ、ミランダッ」

ミランダが銃を握り、自分に突きつけたのには、さすがのスタンレーも狼狽《ろうばい》した。

「じゃ、さっさとパンツ穿《は》きなさいよ」

彼女の目が据わっている。観念したスタンレーは、急ぎベッドから降りると、シャワーを浴び、服に着替えた。

運河沿いの道路に違法駐車させた車に乗り、エンジンを暖めている間にも、ミランダはスタンレーに拳銃《けんじゅう》を突きつけたままで、気を抜かなかった。

「名前は？」

「アリスター・ロスフィールドだ」

観念して、スタンレーは告げた。

「どんな男なの？　一口で言ってみて…」

「俺の銃を返してくれよ」

まだ安全装置は外されていないが、愛用拳銃の威力が判っているスタンレーは、今の状況をなんとかしたかった。

「うるさいわね、質問に答えるのが先よ。それとも、答えられない訳？」

「俺の上司で、信じられないくらい、綺麗《きれい》な貌《かお》の男だよ」

その程度でミランダが満足するはずはなく、さらにスタンレーは催促された。

「綺麗ってどれくらいよ」

訊き返されたが、スタンレーはまず拳銃を返せと手を出し、ミランダが応じるのを待って答えた。

「いまだかつて、見たことも、会ったこともないくらいだよ」

「貌に惚れたの？」

違うと、スタンレーは首を振って否定した。

「切っ掛けは、肉体《からだ》からかな……」

ミランダは拳銃を返してしまった早計を後悔しながら、皮肉という弾丸でスタンレーを撃ち抜いた。

「もう、やりたい盛りの子供じゃなくなったと思ってたわ。また駐車場？　それとも警察署のトイレでやったんじゃないでしょうね？」

かつて、欲情したスタンレーから警察署のトイレで求められた経験のあるミランダが、横目で睨《にら》んだ。

スタンレーは竦《すく》みあがりながら、あの日――ロスフィールドのオフィスで彼に口づけし、涙を見てしまった日のことを、想い出していた。

「いきなりキスしたら、あいつ、泣いたんだ……」

「それで惚れちゃったわけ？」

また違うとスタンレーは頭を振ったが、ミランダの方は小さく頷《うなず》いてから、質問を変えた。

「彼の髪と眼は何色なの？」

廃車寸前の愛車も、ようやくエンジンが暖まってきた。

今夜ばかりは、エンストでも起こしてくれないものかとちょっぴり期待しながら、スタンレーはミランダに答えた。

「髪は本物のブロンドだ。ついでに、あそこも、蜂蜜《はちみつ》みたいな色だよ。それに、普段の眼は銀色っぽい青だけど…」

単なる銀青色と言ってしまうには惜しい気がして、スタンレーは、類似品を捜した。

「ほら、あの色さ、スミソニアンにあるダイヤモンドみたいな青色の時があるな…」

「ホープのダイヤモンド？　なんだかゴージャスな男なのね。早く会いたいわ」

ミランダの瞳《ひとみ》がキラリと光った。

彼女の闘志に燃料を投下してしまったスタンレーは、なにが起こるのか予測もつかない未来に向かって、車を発進させた。

2

八区にある屋敷に着くまでには、空いている道路を選んでも三十分はかかった。

対決の時が近づくにつれて、ミランダは無口になってゆき、スタンレーの方は新しい不安でこめかみの辺りが痛くなっていた。

寒空の下、青白い庭園灯に照らし出された豪奢《ごうしゃ》な屋敷が見えると、ますますスタンレーは追い詰められた気分になっていたが、ミランダは違った。

車の助手席から鱗《うろこ》模様に石を敷いたアプローチに降り立つなり、彼女はうわずった声をあげたのだ。

「凄《すご》い家、お城みたいじゃない。お金持ちなのね？　警察の給料だけで、こんな家に住めるはずないもの」

「まあ…な」

ロスフィールドが金持ちなのは隠しようがないため、スタンレーは肯《うなず》いた。

戦闘意欲が上昇したミランダが、スタンレーの脇腹を小突いた。

「乗り込むわよ」

二十二時を回っていたが、玄関とつながったカバードポーチに居間の灯りが漏れているので、まだロスフィールドが起きていると判った。

後ろにミランダを連れたスタンレーは、屋根つきの張りだし玄関へ通じる階段を登り、観音開きの扉につけられたノッカーを叩《たた》いた。

数分の後、内側から鍵《かぎ》の開く音がして、扉が開いた。

現れたのは、チャイナドレスともアオザイとも似ているが違う、オリジナルの刺繍《ししゅう》長袍《チャンパオ》を纏《まと》ったジン・ミサオだった。

この時刻に訪ねてくる者に対して、ジンが簡単に扉を開けたところをみると、スタンレーたちに気が付いていた様子だった。

「あ、お前――居たのか…」

スタンレーの方は、ジンが居るだろう現実を常に考えていなければならないのに、毎回驚かされる。

悲惨な犯罪現場の光景――いやな記憶を頭の裡《なか》から締め出そうとする心の機能が、どうやらスタンレーの場合、ジン・ミサオにも働いているようだ。

出てきたジン・ミサオを見たミランダの方は、眼を瞠《みは》り、「あらァ…」と感嘆の声をたてた。

その声で、今はじめて気がついたというふうに、ジンがミランダへ視線を巡らせ、日本式に頭を下げる恭《うやうや》しいやり方の挨拶《あいさつ》をした。

「こんばんわ。スタンレー、そちらのレディは？」

先ほどとは雲泥の力だったが、スタンレーはミランダに小突かれてようやく、彼女を紹介し、訪ねてきた目的を口にした。

「俺の知り合いでミランダって言うんだ。ロスフィールドに会いたくて来たんだが、今、居るか？」

スタンレーは、「居ない」と答えてくれるように祈りながら、ジン・ミサオを上目遣いに見た。勘のいいこの男ならば、きっと察してくれるだろうと思ったのだ。

しかし、ジン・ミサオの、なめらかだがきっぱりとした声が、スタンレーの祈りを打ち砕いた。

「ええ居ますよ。どうぞお入りください…」

扉が開け放たれてしまったため、スタンレーはミランダとともに、ロスフィールド邸に足を踏み入れることになった。

広いエントランスホールは、正面と右手側にダイニングとリビングへ通じる扉があり、左壁は、優雅に折れ曲がった階段になっている。

「今、呼んできますので、リビングの方で待っていてください」

二階へ通じる階段を上って行くジンを見送ったスタンレーは、ミランダを右側のリビングルームへ案内した。

ミランダは、ヴィクトリア調のリビングに気圧《けお》された様子だったが、スタンレーへ撃ち込む皮肉の弾丸はまだ残っていた。

「中華料理も好きなわけ？」

無理もなかった。ミランダは、長袍を纏《まと》っているジンを中国人と勘違いしていた。

「いや、あれは日本食だよ」

答えてからスタンレーは、

「まだ食ったことはない…辛口なんでね」と付け加え、ミランダから肘鉄《ひじてつ》を食らった。

「使用人なの？…」

次にミランダがそう訊《き》いてきたので、スタンレーの方は、声が大きくなった。

「あんな態度のでかい使用人なんかいないぜ」

「なに言ってんの、物腰柔らかで、綺麗な男じゃない」

ほとんど一瞬しか顔を合わせていないのに、すでにミランダはジンに一方ならぬ興味をもった様子を隠さない。

「お前は騙《だま》されてるんだ」

スタンレーが、ミランダの勘違いを正してやろうと意気込んだ時だった。

不意に、リビングからキッチンへ通じる予備室の扉が開き、ロスフィールドの声が聞こえた。

「ジン？」

壜詰《びんづめ》を持ったロスフィールドが、リビングに入ってきたのだ。

彼はリビングに人の気配を感じ、ジン・ミサオが居るのだと思い込んでいたのだろう、並んでソファーに腰掛けているスタンレーとミランダを見て、驚き、後退《あとずさ》った。

スタンレーは片手を挙げて挨拶すると、自分たちがここに居る状況を話そうとしたが、戻ってきたジン・ミサオによって遮られた。

ジンは二階へロスフィールドを捜しに行ったのだが、入れ違いになってしまい、巡り巡ってリビングへ戻ったのだ。

「あなたが、わたしを呼ぶ声が聞こえました。どうかしましたか？　アリスティア」

ジンにとっては、夜遅くに訳ありの客が訪ねて来ていようとも関係ない。客は二の次で、壜詰を持って途方に暮れているロスフィールドが、最優先だった。

訊かれたロスフィールドは、持っている壜詰をジンに見せた。

「蓋《ふた》を開けられないのだ」

「わたしに任せてください」

優しく微笑んで、ジンは壜詰を受け取ると、ようやくスタンレーたちを想い出してくれた。

「それとアリスティア、あなたにお客様です」

ジンがリビングを出て行ったのを確かめてから、まずスタンレーは不躾《ぶしつけ》な訪問を詫《わ》びた。

「悪いな、こんな時間に訪ねてきたりして……」

自分と肉体関係のある男女が、同じ部屋で対面しているというだけで、スタンレーはかなりの緊張を感じている。

「構わないよ。まだしばらくは起きているから」

どう切り出そうかと戸惑うスタンレーと向かい合い、ロスフィールドはソファーに腰を下ろした。

今夜のロスフィールドは、たっぷりとギャザーを寄せたハイネックの白いシャツにビロードのガウンを纏っている。普段よりは寛《くつろ》いだ姿だったが、相変わらず、乱れたところは微塵《みじん》もなかった。

ミランダの問題を先延ばしにしようと、スタンレーは話題を探した。

「壜詰って、なにか料理でも作ってたのか？」

仕事については話せない。料理関係ならば、もしかしてミランダが食いつき、主題が逸《そ》れてくれるかも知れないと期待できる。

「いや、壜詰のホワイトアスパラガスを食べようと思っただけだ…」

中身まで見えなかったのだが、壜に入っていたのがホワイトアスパラガスと知って、スタンレーは落胆した。

するとロスフィールドは、物憂げな仕種《しぐさ》でソファーの背凭《せもた》れに寄り掛かって、言った。

「わたしは、壜詰のアスパラガスが好きなのだよ」

彼の声には、官能的な音楽のような響きが混じっている。よほど好きらしい……。

壜に詰められた水っぽい野菜類が嫌いなスタンレーは、ロスフィールドに落胆を気づかれたのかと訝《いぶか》りながら、料理路線で話を盛りあげ、訪問の目的を逸らす作戦を諦《あきら》めた。

「そうかい、大好きなのは判ったよ。ところで、彼女はミランダと言って、俺の——……」

「はじめまして、ロスフィールドさん、ミランダ・ラコシです」

スタンレーに被《かぶ》せて、ミランダが口を開いた。

自分に接する時とは、声のトーンからして違う。横目でミランダを窺《うかが》ったスタンレーは、彼女がロスフィールドに向かって嫣然《えんぜん》と微笑むのを見た。

これが挑戦状なのだとしたら、きっとロスフィールドは勘付いているだろう。スタンレーが隠している野菜の好き嫌いよりも、はっきりしていて、なんといっても目視《もくし》できる。

「こんな時間に突然お邪魔して申し訳ありません。実は、わたしがスタンレーに無理を言って、連れて来てもらいましたの」

意図的にミランダが言葉を区切ったので、今度はロスフィールドが、応じなければならなくなった。

「ミランダさんは、わたしに要件があるのですね？」

ロスフィールドは、とても気持ちのよい、穏やかな声で問い返し、ミランダは肯いた。

「わたしは、地方回りの舞台女優をやっていて、バージルシティには久し振りに戻ってきたんです……」

言いかけて、また言葉を切ったミランダは、横に座るスタンレーを流し目で睨《にら》んだ。

スタンレーは、彼女と視線を合わせないように固まったまま、ロスフィールドに謝罪の信号を送りはじめた。

気づいてもらえないのか、ロスフィールドは肘掛《ひじか》けに頬杖《ほおづえ》を突いて、傾聴しているままだ。

ミランダが、微笑みながら言葉を継いだ。

「来週からエドモンドホテルで公演することになったのに、チケットが捌《は》けなくて困ってるんです」

意表を衝《つ》かれたスタンレーは、口を開けたままミランダをまじまじと見た。てっきり、「久し振りに帰ってきたら、スタンレーがあんたと浮気していた」と言い出すかと思っていたからだ。

澄ました顔で、ミランダが続ける。

「それで、スタンレーにロスフィールドさんを紹介してもらいましたのよ。ぜひ一度、わたしの公演を観に来ていただけないかしら？」

ミランダは、ディナー・アンド・トップレスショーとは言わずに話を進めている。そしていつの間にか、ロスフィールドは彼女に向かって、必ず観に行くと約束を交わしていた。方便《ほうべん》でチケットを持ち出したミランダも、多くの借りを作りたくないと思っているのか、ロスフィールドが何枚かまとめて購入するという申し出は断った。

財布を取りにロスフィールドが席を外すと、頃合いを計ったように、ジンがテーブルワゴンを押しながら入って来た。

ワゴンの上には、グラスと冷えたシャンパンの他に、キャベツの葉を模《かたど》った皿があり、ホワイトアスパラガスが芸術的に盛りつけられていた。

戻って来たロスフィールドが、支払いを済ませてチケットを受けとると、奇妙な酒宴のはじまりとなった。

ただし、飲酒運転を赦《ゆる》さないジンによって、スタンレーだけは緑茶しか与えられなかったのだが――。

場慣れしているミランダは、適応力も高かった。

彼女は、地方の劇場を回る舞台女優とはどういうものかを話し、公演先で起こったジョークとしか思われないようなエピソードを披露しては、笑いを誘った。

聞き役のロスフィールドも、完璧《かんぺき》だった。

彼は、どこにでもいる、退屈した、美しい、金持ちの男という感じだった。

そしてロスフィールドは、ミランダの話し振りや魅力に惹《ひ》き込まれてしまい、今や彼女の公演が楽しみでならない気持ちと様子を、隠さずにいた。

スタンレーだけは、落ち着かなかった。

自分と肉体関係のある男女が歓談する光景は、スタンレーの胃の辺りを疼《うず》かせ、沈黙しているジン・ミサオの存在感も、かなり恐かったのだ。

3

「なんだって、あんな凄《すご》い家に住んで、豪華な家具に囲まれてるのに、壜詰《びんづめ》のアスパラガスなんか食べてんのよ」

日付が変わる寸前にロスフィールドの屋敷を辞したが、スタンレーの車が発進するなり、ミランダは嚙《か》みついた。

酒はドンペリニヨンのロゼ、それに壜詰のアスパラガス。

肉食獣のようなミランダには、どれも不足だということは判っていた。

「そう怒るなよ」

壜詰のアスパラガスについて、スタンレーはまったくミランダと同意見だったにも拘《かか》わらず、ロスフィールドの弁護をはじめた。

「あいつは凄い金持ちで、ガキの頃から旨いもん食い慣れてるから、変なものが好きなんだよ、レンジディナーとかインスタントのライスだけとか…」

何度か一緒に食事をする機会を持ったスタンレーは、彼なりにロスフィールドを理解し

しかけた。

呆《あき》れた口調のミランダが、単刀直入に表現したのに対して、スタンレーの方が気を悪くしかけた。

「味覚音痴なんじゃない?」

ようとしている。

なにもそこまで言うことはないだろう——と思ったが、ミランダを怒らせないために口には出さず、むしろ機嫌を取るための提案を試みた。

緑茶と水っぽいアスパラガスしか供されなかった時から、帰りに寄ろうと決めていたレストランの前で車を停《と》め、彼女を誘ったのだ。

「なんか食って行こうぜ、ここなら付けが利くし、当然、俺の奢《おご》りだ。それで、機嫌直してくれるか?」

「いいわ、あんたにしては上出来よ」

ミランダは、スタンレーの心遣いを受け容《い》れると、さっぱりとした笑顔を見せた。

二人とも、夕食はファストフードだけだった。その後にハードなセックス、それからミランダはスタンレーを寝奪《ねと》った男のところへ乗り込んだのだ、エネルギーを使い果たしていた。

近ごろは治安が悪いため、深夜まで営業しているレストランも少ない。この店も、すでにオーダーストップの時間を過ぎており、メニュー通りの料理は出せないが、スタンレーのために席を用意してくれた。

さらに、馴染《なじ》みの店主チャドは、美女を連れてきたスタンレーにシャンパンを二つ届けてくれたが、余計な一言も耳打ちしてきた。

「スタン、今度こそは、うまくやりなよ」

肩を竦《すく》めて応《こた》え、スタンレーはミランダとグラスを合わせた。

「今日はシャンパンづくしね…」

脚《ステム》にそえた指でかるくグラスを回しながら、ミランダは「ふふ…」と、口許《くちもと》に含み笑いを浮かべた。

「あんたの言うとおりだったわね。あそこまで貌《かお》だちが整ってる男は、初めて見たわ」

褒《ほ》めたかと思うと、またもミランダは、ロスフィールドについて辛辣《しんらつ》になった。

「でも綺麗《きれい》すぎて、ほとんど人造《うそ》みたいじゃない。夢のラヴドールとか、その、なんて言うの？　映画に出てくるロボットみたいな…」

「アンドロイドか？」

スタンレーが聞き返すと、ミランダが肯《うなず》いた。

「そうそれよ、人間が理想とするものを全部注ぎ込んだって感じ、いい所ばかりを寄せ集めた創り物。あんたが、あの人を『薄味料理《あっさり》』って言った訳が判ったわ、淡泊っていうか、不感症なんじゃないの？」

以前、スタンレーがロスフィールドに対して感じていたと同様のものを、現在、ミランダは感じている。

人造人間のようなアリスター・ロスフィールドが、ベッドの中でどの様に変わるのか、想像が働かないのだ。

「それに、彼、あんたのことを好きなようには見えなかったし…」

厨房《ちゅうぼう》にいる店主《チャド》に聞こえないように、ミランダは声を落とした。

「あの日本人とやってるじゃない」

驚きのあまりに、スタンレーは危うくシャンパンを噴きこぼすところだった。

いつもよりは寛《くつろ》いでいる感じだったが、ロスフィールドは身嗜《みだしな》みを整えていた。

ジンからも、そんな素振りは感じられなかった。

確信的な言い方をするミランダに、スタンレーは問いかけた。

「なんで判るんだ？」

「二人から同じ匂いがしたからよ。シベリア松みたいな涼しい感じの匂い。女はそういうのに敏感なのよ」

ロスフィールドの身体から松の匂いを感じる時は、彼が肉体的にも昂《たかぶ》っている時が多いのだ。

ミランダはスタンレーの動揺を見て意地の悪い目付きになると、嘲《あざけ》るように笑った。

「なんで、あの人は一緒に暮らしてる恋人もいるのに、あんたなんかを相手にしてんのかしらね。あんたの真似して言うなら、スシに飽きてジャンクフードも食べてみたってとこかしらね」

「俺はジャンクフードかよ」

スタンレーは仕返しされた気分になった。

だが不意に、以前フランク・サイトの口から出た『ゲテモノ』という言葉が脳裡《のうり》に蘇《よみがえ》り、果たして『ジャンクフード』と、どちらがましかを考えてしまった。

ロスフィールドとの関係を知ったフランキーの奴は、

「警視のような方には、あなたみたいなタイプは新鮮に映るのかも知れません。ほら、たまに、ゲテモノを食べてみたいという、やつですね」そう言ったのだ。

想い出した途端にスタンレーは、自分がミランダに対して使った『こってり料理』のルーツがフランク・サイトだったと判り、改めて腹が立ってきた。

変化するスタンレーの表情を、面白がって見ていたミランダが、殺し文句のように囁《ささや》いた。

「馬鹿ね、あたしはカロリーがあって美味《おい》しいジャンクフードが好きよ」

ミランダはスタンレーが反応する前に、素早く話題を変えた。

「あの日本人、ミステリアスでセクシーね。癖がありそうだし、あんたも、あんな恋敵がいるんじゃ、大変ねえ。なんとなく、あたしと切れたくないのも判ってきたわ」

彼女の解釈を、スタンレーは全面否定も修正もせずに、ごく一部のみ訂正した。

「俺は、お前をキープみたいに思ってるわけじゃないからな、お前に対する気持ちは変わってないんだ、本当さ…だけど――…」

ロスフィールドに惹かれている自分を、スタンレーは制御できないのだ。そして恐いのだ。自分が、自分ではなくなってゆくようで、不安になるのだ。

だからミランダにいて欲しいのだ。自分が昔の自分に戻るために、彼女が必要なのだ。

「も、いいわよ」

鳶色《とびいろ》の目で、ミランダはスタンレーを睨《にら》み付けたが、口許は笑っていた。

「仕方ないわ、あんたの正直なとこに免じて、二股《ふたまた》も赦してあげるわよ」

「いいのか！」

思わず声が大きくなってしまったスタンレーを、シッと、口許に指をあててミランダは封じた。

「嘘つこうと思えば出来たのに、話してくれたからよ」

「俺は嘘がつけない男と言われてるのさ」

自嘲《じちょう》的なスタンレーの言い方に、ミランダが納得の笑みを浮かべた。

「ところで、ねぇ、あの日本人について、もっと話してよ」

ロスフィールドよりも、ジン・ミサオの方が、ミランダの興味をそそったのだ。

「嫌な奴だぜ」

まず一口でそう伝えたスタンレーは、グラスに残ったシャンパンを飲み干してから、本格的にジン・ミサオの解説に入った。

二十九歳になる市警察専属精神科医であり、大金持ちの日本人。ロスフィールドの恋人だが、一緒に暮らしているわけではなく、変態であること──。

「俺の胸にタトゥーを彫ったのも、あいつだからな。それも、さんざん俺をいたぶりながら、自分は愉しんで彫ったんだ。あいつは、俺の身体と心を弄《もてあそ》んだのさ、その前なんか、俺を殺す気で捜査課へ乗り込んできたんだぜ……」

「おいおい、スタン、誰がお前さんを殺すってんだ？」

熱弁を振るうスタンレーのところへ、チャドがスープとシェパーズパイを運んできた。

「前にそんな悪党がいたってだけの話さ」

スタンレーははぐらかすと、マッシュポテトでくるんだ羊肉のパイを受け取り、ミランダの前に置いた。

「うーん、美味しそうね」

微笑んだミランダに、スタンレーが勧める。

「食ってみろよ、チャドが作るシェパーズパイは最高なんだぜ」

「身体が温まるぞ、いまサラダを持ってくるよ」

チャドは急いでサラダの深鉢《ボウル》を取って戻ると、テーブルでドレッシングの調合をはじめた。どうやら彼は、スタンレーからミランダを紹介されるのを待っているらしい。

だがスタンレーには躊躇《ためら》いがあった。

特に今夜はミランダを、恋人とも、友人とも、紹介しづらいからだ。

気詰まりになりかけていたところへ、ミランダが話し掛けてきた。

「スタンレー、あんた自分の血液型知ってる？」

脈絡もなく出てきた問いかけに、スタンレーは驚き、チャドは片方の眉《まゆ》を持ちあげて、二人を見た。

「O型だ」

三か月で終わった結婚の前に受けた血液検査で、スタンレーは自分の血液型を知った。

「あら、あたしもO型よ…」

チャドはサラダを盛りつけながら、ミランダの声に加わった弾みを感じとって聞き耳を立てている。スタンレーには、彼が頭の裡《なか》でなにを考えているのか、想像できた。

ところが、続けてミランダが口にしたのは、男二人が思ってもみなかった内容《こと》だった。

「ねえスタンレー、ドナーバンクに登録しなさいよ。死んだ後、誰か困ってる人に臓器を譲ってあげるシステムなの、あたしは、とっくに登録してるのよ」

話題が色っぽい方向から完全に逸《そ》れたと同時に、空になったサラダボウルを持って、チャドがテーブルを離れた。

厨房へ戻って行くチャドの肩が、笑いで震えているのが見える。彼には、スタンレーの恋路が前途多難に思われたのだろう。

スタンレーの方は、ドナー登録の必要性を話すミランダの熱意と気持ちを裏切らないよう、適当に相槌《あいづち》を打ちながら、なんとか話題を変えさせたいと願っていた。

捜査は難航し、詳細は公表されていないためミランダは知らないのだが、バージルシティ中の運河で、臓器を奪われた死体が見つかっているのだ。

この都市のどこかで、ミランダが登録したのとはまったく違う、違法な方法の臓器売買か移植が行われている可能性が高い。

捜査チームに加わるスタンレーにとっては、長引く、不愉快な事件であり、今夜くらいは想い出したくなかったからだ。

4

スタンレーは、ミランダと別れてから一眠りしたせいで寝過ごし、遅刻すれすれで署に着いた。

それでも真っ先にロスフィールドと逢《あ》い、昨夜の訪問を謝ろうと思ったのだが、内部管理課のオフィスにフランク・サイトが入って行くを見て、取り止めた。

すでにフランキーには、ロスフィールドとの関係を気づかれている。

スタンレーの恋敵がジン・ミサオだと知った時に、彼は同情を隠さなかったが、口にした言葉は最悪だった。

赤毛の坊やは、「あなたに勝ち目はありませんね…」そう断言したばかりか、スタンレーを『ゲテモノ』扱いしたのだ。

今ここにミランダまで加わったとなれば、フランク・サイトはまたなにを言い出すか判らない。スタンレーは危険を回避するように、オフィスの前から後退《あとずさ》った。

退散《たいさん》しかけたところで、バート・トゥィリーの大声によって名前を呼ばれた。

「スタンレー！　おい、スタンレーッ！」

聞こえたのか、フランク・サイトが顔をあげ、オフィスを仕切るガラス壁越しにスタンレーを見た。

眼が合う寸前で、スタンレーはバートに向き直り、不機嫌に吠《ほ》え返した。

「うるせぇな、なんだよ朝っぱらから！」

怒鳴られたバートだが、まったく動じずにスタンレーを誘った。

「早くこいよ、これから運河のミーティングをやるってさ」

運河の専任チームは、スタンレーのように掛け持ちで捜査に加わる刑事たちのために、定期的な進捗会議《ミーティング》を開いているのだ。

「お！　すぐ行く」

スタンレーは赤毛の奴がオフィスから出てくる前に、急いでバートの後を追った。

六階にあるミーティング会場《ルーム》には、いつもは見ないような顔ぶれが揃っていた。

「こんなにチームメイトがいたとは知らなかったぜ、椅子が足りないんじゃないのか？」

スタンレーが洩《も》らした呟《つぶや》きは、すぐに自分自身へと返った。

「早く座らないとその椅子がなくなるぞ、スタンレー」

奇妙に甲高い声を掛けられて振り返ると、見間違いようもない巨漢、捜査支援課のジョナサン・スミス警部までもが、部下を連れて来ていた。

いつも、スミスが背後から忍び寄ってくるように思うのは、スタンレーの被害妄想かも知れない。

スミス警部率いる捜査支援課は、後始末屋であり、それも多くは、スタンレーの強引過ぎる捜査で生じた問題を解決し、最終的に辻褄《つじつま》を合わせるのが仕事となっているからだ。

結果だけをみれば、二人は、この上もなく最高のコンビということにもなるが、…現実では、必ずしもそうではなかった。

スタンレーにとってジョナサン・スミスは、鬱陶《うっとう》しい存在でしかなかったのだ。

だが誰の目にも、スタンレー・ホークに振り回され、尻拭《しりぬぐ》いに駆り出され、気の毒に見えるスミスは、実のところ、自ら進んでスタンレーの後始末に回っていたのだ。

むろん、スタンレーに判るはずはなく、スミスも、気づかせはしない。

ただ、スミスは、自分が後からフォローすることによって、独特の閃《ひらめ》きで行動し、事件を解決へと導くスタンレーのやり方を、誰にも批判させないようにしているのだ。

互いに真相に気がついても、友情が生まれるとも思われない二人だったが……。

ジョナサン・スミス率いる支援課の七人は、スタンレーから離れると、入口近くの一角に陣取った。

いきなり会議室の密度が増し、まるでハイスクールの教室を連想させられる。スタンレーはその圧迫感のようなものに辟易《へきえき》しながら、バートと並んで腰を下ろした。

「今日、スミスたちがいるってことは、なにか進展があったって意味か？」

訝《いぶか》るスタンレーにバートが答えようとした時、会議室の中が盛況である理由が現れた。

アメジストのブローチを留めた立ち襟《スタンドカラー》シャツに、葡萄色《ワインレッド》のスーツといった出《い》で立ちの、どこから見ても、市警察専属精神科医には見えそうにないジン・ミサオが、ウィルスキー警部補と共に入ってきたからだ。

一瞬で、集まっていた捜査員たちは——男も女も、水を打ったように静まり返り、皆が、美しい東洋の男を観賞しはじめた。

殺伐とした捜査員たちの心にジンが感銘を与えている間に、ウィルスキー警部補がスクリーンに被害者の写真を映しだし、運河の捜査主任であるローソン警部と交代した。

カレン・ローソンは、スタンレーと同期でバージルシティ警察に入ったのだが、現在の階級は、スタンレーよりも遥《はる》かに上位だ。

がっしりとした身体に、砂色の髪と茶色の瞳《ひとみ》を持ち、鼻が少し曲がっている——このバージルシティ警察で昇進しようと思ったら、無傷ではいられないのだ——彼女は、個性的な美女であり、他の欠点といえば、大き過ぎる口くらいだ。

彼女の口唇《くちびる》は、セクシャルなものを感じさせ、同時に、相手を一喝する際の効果的なメガホンでもあった。

そして今、ジン・ミサオと並ぶと、彼女の『男らしさ』が、際立って見えた。

全員の頭の裡を一掃させるかのように、カレンが大きく咳払《せきばら》いをした。

「今日は進捗《しんちょく》状況を説明する前に、十五分ほど専門家からお話を伺いたいと思い、ドクターをお招《よ》びしました」

次にカレン・ローソン警部は、そう言った。

殺されて臓器を奪われ、運河に浮かんだ死体は、どう考えてもジン・ミサオの専門外だ。

「あいつは生きてる奴専門の精神分析医だろう？ そんな奴呼んでどーすんだよ」

誰も口にしないその疑問を、スタンレーがバートに囁《ささや》いた瞬間、後ろの席にいたキャシー・ブレアが椅子の背凭《せもた》れを蹴飛《けと》ばした。

「スタン、あなたが大怪我で手術中なのに、縫合医が居ない状況を考えてみなさいよ」

「なんだよ、それ？」

振り返ったスタンレーの耳朶《みみたぶ》を摘《つま》んで、キャシーが低い声で脅した。

「パッチワークが趣味のあたしが、代わりに縫ったげるっていうのよりましでしょ」

「いくらなんでも、譬《たと》えが乱暴過ぎないか？……」

さらに、運河の捜査に関わっていないキャシーがどうしてここに居るのか？ それをスタンレーが言い出す前に、彼女はもう一度、背凭れを蹴飛ばす行為で黙らせた。

「うるさいわよスタンレー、聞こえないじゃない」

今度は、簡単な挨拶《あいさつ》をはじめたジンの声が聞こえないと、別口から叱られた。

バージルシティ警察署では、捜査が長引き、はかばかしい進展もない状況が続くと、『風穴作戦』という名目で専門家を招いて講演を聞くか、退職警官でつくられた探偵会社に下請けに出すよう署長からの圧力が加わる。

財政厳しい捜査課に、金を払って移植外科医を喚《よ》ぶ余裕はなく、下請けに出すにはカレンのプライドが赦《ゆる》さなかった。捜査課にも面子《メンツ》というものがあるのだ。

ゆえに、縫合医をキャシーで我慢するように、カレンも署内の精神科医に講演させてお茶を濁すことにしたのだ――ろうと、スタンレーにも事情は判っている。

肩を竦《すく》めたスタンレーは、澄まし顔のジンへ向けて、こっそり中指を突き立てて見せた。

挑発が見えたらしいジン・ミサオの口唇に、いつも彼が浮かべる、日本人的なうっすらとした微笑が顕《あらわ》れた。

隣で見ていたバートは、驚きのあまり硬直してしまった。

どうしてスタンレー・ホークは、これほど大胆不敵な行為をジン・ミサオに対して行えるのか？　その勇気をどこから持ってくるのか？

落ち着かない気分になったバートは、スタンレーがこれ以上の無礼を働かないことを願いながら、ホワイトボードの前に立つ日本人へ視線を戻した。

ジン・ミサオはまず、金のために自分の臓器を売る人々について触れ、臓器提供者の不足と移植を待つ受領者《レシピエント》たちの数について語った。

それから、移植手術の難しさを話しはじめた。

「輸血も、広範囲で考えれば臓器移植にあたりますが、これは赤血球の型を合わせることで容易にできます。皮膚や臓器の移植では拒絶反応を減らすために、白血球の血液型といえるHLA抗原のタイプを合わせた適合者が必要です」

すでにそれらの知識や情報は、駆り出された捜査員にとって周知の事実だった。いまさら聴く必要もないのだが、誰もジンを黙らせることなく、喋《しゃべ》らせている。

これはカレンが主催する、ジン・ミサオのリサイタルだからだ。

ただ、早くロスフィールドと逢《あ》い、昨夜の一件を謝罪したかったスタンレーだけが、じりじりしながら聴いていた。

「現在は、爪や口の中の粘膜が手に入ればHLA型を調べられますが、血液の通わない角膜移植には必要がありません。他に、肝臓も比較的『免疫寛容《めんえきかんよう》』が高いので、移植を受容《い》れ易いと言えます」

「興味深い話をありがとう、ドクター」

十五分経ったところで、カレン・ローソンが口を挟んだ。

「ところで、最後にひとつ訊《き》いてもいいですか?」

締めに入った彼女に向き直ったジンは、柔らかく肯《うなず》いた。

「どうぞ」

「では、わたしがドクターに襲いかかって肝臓を奪い窃《と》ったとしたら、次はどう行動すべきでしょう？」

ジン・ミサオは、襲ってきたカレンのためにアドバイスを加えた。

「酸素不足に弱い臓器は二時間以内に摘出を終えてください。そうしていただかないと、わたしは腐ってしまいますので……」

砕けた空気の漂うミーティングルームの中で、スタンレーだけが仏頂面をしている。ジンはスタンレーの苛立ちに気づいていながら、話を長引かせた。

「肝臓は冷やして保存した後、二十四時間以内に移植する必要があります。他にも、腎臓《じんぞう》は七十時間、心臓で四時間、肺は二十時間、角膜でも七十時間以内の移植が望ましいとされています」

「そんな時間内で、HLA抗原のタイプが合う移植希望者《レシピエント》を見つけられるかしら？」

カレンが次にそう訊くと、ジンは宥《なだ》めるように肯いて答えた。

「肝臓は、遺伝子座にある六つのHLA型の一つ、ないし二つが合わなくとも、強い免疫抑制剤を使うことにより移植は可能ですから、特殊なネットワークを使えば、時間内に移植希望者《レシピエント》を見つけられると思います」

「よかった。心当たりがあるわ」

カレンは軽口で返したが、実際のところ、そのネットワークには頭を抱えていた。斡旋《あっせん》業者と移植希望者とを繋《つな》ぎ、臓器の闇取引を行う彼らは黴菌《ばいきん》と同じで、根絶やしにするのは、ほぼ不可能だったからだ。

「今日はとても有意義なお話を伺えて参考になりました。特に、二時間以内に摘出しなければならないってところは、忘れないで憶《おぼ》えておきます」

形ばかりの講演を、カレンが冗談で締め括《くく》って終わらせようとした瞬間、スタンレー・ホークが反発した。

反発と言うより、むしろ暴発にも近かった。

「ローソン警部は間違ってるぜ」

視線が一斉にスタンレーへと集まり、カレン・ローソンからは応戦の構えが見て取れた。

「なにが間違ってるの、スタンレー。教えてもらえる？」

椅子に踏ん反り返ったまま、スタンレーがジン・ミサオに視線を定めたため、周囲の意識も、自然と前方に移った。

美しくミステリアスな日本人の方へと——。

「間違ってるのは質問内容だよ」

貴重な時間を無駄にしたと思っているスタンレーだが、同時に、ジン・ミサオのリサイタルが、何事もなく和やかに終わるのは、面白くなかったのだ。

「警部はこう訊くべきだったんだ。『ドクターが臓器を獲《と》ってる犯人ならどうやるか？』ってな」

カレンが止める前に、ジンがスタンレーに答えた。

「わたしは外科医ではないので、先ほど警部にお教えした通りの行動をとりますよ。時間内に移植相手を見つけるために奔走します……が、ネットワークに心当たりがありませんので、無駄に終わると思いますが」

惚《とぼ》けるジンに焦《じ》れて、スタンレーが嚙《か》みついた。

「あんたが、移植手術もできると仮定しての話だよ」

「移植手術を一人でやるのは無理があると思いますが？」

微笑みながら反論されたスタンレーは、ますます焦れて唸《うな》った。

「無理でもなんでも、なりきって考えればいいだろ？　この都市《まち》のどこかで、一人かチームを組んでるのかは判らんが、市民を殺して臓器を抜き、誰かに移植してる奴らがいるんだよ」

移植用の臓器を斡旋する非合法組織の調べは、おおかた終了していた。

だが彼らは、殺して奪い、棄《す》てるといった乱暴な手段を採れば目立つと判っていて、運河に遺棄《いき》するなどの危険は冒さないのだ。

そして、発見された被害者の数からみても、大勢が関与しているとは思われない。

被害者を運河に棄てている犯人は、医療知識のある者、あるいは医師本人であり、臓器を狩り、自らの手で移植手術を施している可能性が高い――と、プロファイリングされていたのだ。

「だからさ、あんたは移植手術のために俺を殺すんだ。肝臓が欲しくてな…」

スタンレーがそう言った途端、周囲から失笑が洩《も》れた。

煙草と酒を止められないスタンレーなのだ、大量のタールとニコチン、アルコールを分解してきた彼の肝臓を欲しがる者がいるはずもないからだ。

同僚たちの吹き出し笑いに気づいて、スタンレーはいっそう投げ遣りになった。

「だったら肝臓じゃなくてもいいぜ、好きな臓器《とこ》を持ってけよ」

スタンレーの提案を、カレン・ローソン警部は退けなかった。この二人が、どれだけ親しいのかに思いを巡らせながら、彼女も答えを聴こうとした。

「ずいぶん開き直った被害者ですね。わたしが犯人ならば、あなただけは避けたいのですが……」

優雅に腕を組んだジンが、上目遣いにスタンレーを睨《にら》んだ。

彼の黒い双眸《そうぼう》が水晶のように瑩《ひか》ったのに、何人かが、気づいたはずだ。

もちろん、スタンレー・ホークも、気がついた。

「あなたしか選べないのであれば、わたしは、あなたの心臓をいただきます。丈夫そうですからね」

今度は階下まで聞こえる笑いが起こり、ジンを困らせてやろうと思ったスタンレーの意図が微妙にずれてしまい、軌道修正できなくなった。

「ただし、心臓移植は四時間以内が望ましいので、設備が整いレシピエントの準備も済ませた隣で取り出さなければ、とても間に合いません。それから手術中、隣であなたが死んでいると、落ち着かなくて移植に失敗しそうです」

今度はさらに大きな笑いがおこり、カレンは両手を打ち鳴らして、皆を静かにさせなければならなかった。

「落ち着かないなら、早く俺を運河に棄てろよ」

突っ掛かったスタンレーに向かって、相変わらずジンは微笑んでいる。

「心臓だけを失った死体を発見された時、心臓移植を受けた者の身辺が疑われてしまいますので、わたしならば、ついでに別の臓器も摘出しておきます。後で需要があるかも知れませんから……」

そしてジン・ミサオは、女性よりも優しく、心地好《よ》い声で付け加えた。

「これで、わたしの手術室が運河沿いのどこかにあるのならば、スタンレー・ホークを蹴《け》り落とせます」

注意深く頃合いを見ていたカレンが、割って入った。

「スタンレーが運河に棄てられたみたいなんで、これからは捜査員《わたし》たちの仕事ね。ドクター、ありがとうございました。そしてスタンレーの失礼をお詫《わ》びします」

時間を超過してしまい、もうスタンレーも黙るしかなかった。

だが、ジンが見送られて会議室を出て行くと、急いで立ちあがり、またもカレンの顔を顰《しか》めさせた。

「俺、一言謝ってくるよ」

スタンレーはそう言うと、カレンが許可を出す前に、ジンを追って会議室を抜け出した。


「ジンッ！」

無事にエスケープできたスタンレーは、すでに三階まで降りていたジンに追いつくと、右手の親指を反らせ、顔を貸せと合図する。

幸いにも、捜査員の大半は出払っているか、六階の会議室にいる。誰かに見咎《とが》められる心配はなさそうだった。

「さっきの話だけどな」

踊り場の隅でジンと向かい合ったスタンレーは、口実に使ったミーティングでの茶番を詫びる気などなく、急いで続けた。

「俺の心臓を移植された奴を探しだす方法を教えてくれよ」

スタンレーの問いかけに、ジンは苦笑を浮かべた。

「精神科医のわたしに、刑事が訊《き》く質問とは思えませんね。自分から無能と告白しているのと同じですよ」

むかつくが、スタンレーは食い下がった。

「いいだろ、俺はいま刑事じゃない、お前に殺されて心臓を獲られた男だ」

どうしても答えさせたいスタンレーに、カウンセリングの予約が待っているジンの方が折れた。

「不当な心臓が手に入ったとしても、過去、そのレシピエントは移植希望者リストに名前を連ねていたはずです。この一年間、移植を受けたか死亡したという理由もなくリストから名前が消えている人物、あなたと同じ血液型の人物を探します」

捜査班では、病院で移植を受けた患者を優先的に調べてきたが、リストから外れた者はまだ手を付けていなかった。

「もっと絞れるな、闇で買えるほどの金を持ってるが、公正なリストでは下位に居てなかなか順番の回ってきそうにない奴とか……そうだ、HLAとかはどうなんだ？」

ふて腐れ気味でも、ジン・ミサオの話はちゃんと聴いていたスタンレーからの疑問だ。

「心臓移植はＨＬＡ型よりも、血液型を優先します」

ジンの答えに、スタンレーは声を荒げた。

「お前な、そんな大事なこと…さっき、みんなの前で言っとけよ」

「言わせたいのならば、質問してください」

しれっと返すジンが心底憎らしいと思い、スタンレーが嚙みついた。

「俺より丈夫そうな、お前の心臓が欲しいよ。移植してくれ」

「血液型が合いませんよ。わたしはＢ型で、あなたはＯ型です」

急にスタンレーは身の危険を感じて、喚《わめ》いた。

「お、お前は、俺の血液型、なんで知ってるんだよ！」

またもしれっと、ジンが言い返してきた。

「日本人は相手の血液型に拘《こだわ》るのです。ちなみにアリスティアはＡＢ型Ｒｈマイナスです。珍しい血液型ですが、わたしとは相性が合います。心も肉体も完璧《かんぺき》です」

ジンは際疾《きわど》い一言を付け加えると、スタンレーの前から身体の位置をずらした。

「スタンレー、もうよろしいですか？　わたしは、カウンセリングの予約が入っているので戻らねばなりません」

当初、カレン・ローソン警部から十五分ほど話をして欲しいと頼まれ、それならばと承諾したジンなのだ、スタンレーの所為《せい》で余計な時間を食うとは思っていなかった。

「ああ、俺も戻らないとカレンに殺される」

先ほどまで死んでいたはずのスタンレーだが、生き返って、そう言った。

だが別れる前に、ジン・ミサオに謝っておかねばならない事柄があったのを想い出した。

「昨日は悪かったな、あんな時間に……」

先にロスフィールドと逢《あ》って謝りたかったのだが、仕方がない。そんなスタンレーの気持ちを弄《もてあそ》ぶように、ジンは頷《うなず》いた。

「いいえ、まだ起きていましたから、別にどういう時間ではありませんよ。あなたが謝っていたと、アリスティアに伝えておきます」

スタンレーは、ロスフィールドに逢いに行く口実を潰《つぶ》す気のジンに苦笑しながらも、言ってみた。

「ミランダは、あんたをセクシーだと言ってたぜ」

超然とした態度で、美しい東洋の男は、微笑を口許《くちもと》だけに浮かべた。――破顔して笑うのは、彼等にとっては品位に関わるのだろう…。

「それはどうも…」

ジン・ミサオは上品に微笑《わら》いながら、スタンレーの背後に昨夜のミランダ・ラコシが視えているかのように、夜色の双眸を向けた。

「この国に来てもっとも多く聴かされる言葉は、日本人なのに背が高いと、美しい、それからセクシーだ、ですよ。けれども、あなたの愛人に言っていただけるとは、…新たな感動を覚えました」

「そりゃ、イヤミかよ」

お互いの間に、この先も友情は存在しないだろうと思いながら、スタンレーは、さも嫌そうに吐き出した。

スタンレーとジン・ミサオとは、アリスター・ロスフィールドという核によって繋《つな》がっているにすぎないのだ。

だが次に、「ふふっ…」と、ジン・ミサオが意味深長な含み笑いを洩《も》らした。

「感づいていましたか？　スタンレー」

「なんだよ？」

一瞬、構えたスタンレーを、なおもジンは面白そうに見た。

「アリスティアは、彼女の前で、極力印象に残らないように振る舞っていましたよ」

「え？……」

スタンレーが驚きの声をあげたところへ、バート・トウィリーが呼びにきた。

5

「前々から、お前とドクターとは怪しいと思ってたが、いったい、どうなってんだ?」

進捗会議《ミーティング》後の昼食で、バートが持ってきた細君手製のサンドイッチを一緒に食べていたスタンレーは、どう答えて良いものかに窮《きゅう》し、明日の昼食を犠牲にする覚悟で言った。

「…なんで、こんな葉菜だけのサンドイッチなんだ?」

バートの妻ケリーは、四人の息子の母親だが、想像妊娠してしまうほどに娘を欲しがっている。

それでバートは、男女産み分けの民間療法である野菜中心の食生活を強いられ、射精の瞬間までも、妻にコントロールされている最中なのだ。

「憶《おぼ》えてないのか? 少し前までは、ジンなんて魔物の名前だとか言って、毛嫌いしてたよな?」

ケリーの作った昼食の恩恵に与《あず》かりながら文句を垂れるスタンレーを、バートは無視した。

「そんな時期もあったな…」

仕方なくスタンレーは答えたが、次にバートが、

「なにがあったんだよ。ひょっとしたら、お前……」と言いかけたところで、過剰反応してしまった。

「な、なんか、ある訳ないだろう、男同士だぜッ」

しかし、スタンレーは悟ったのだ。

本命であるロスフィールドとの関係を隠すためには、たとえジンであっても、ダミーが
必要なのだ…と。


「ピュウッ」口笛を吹いてから、バートが続けた。

「ますます怪《あや》しいな、俺は、もしかして催眠術とか懸けられちまったんじゃないのか？

って言おうとしたのに、なんだよその反応はさ」

疚《やま》しい事実があるせいで、スタンレーは墓穴を掘ってゆく羽目になる。

「催眠術？　俺が催眠術に懸かると思うか？　だいたいな、あれはインチキだ。まさか、
バートは信じるのか？」

スタンレー自身は催眠術を全否定するつもりはなかったが、話を逸《そ》らすために、今はそ
の部分に食いついてみた。

「信じるっていうか、あれは一種のマインドコントロールだな。そうそう、カウンターの

メアリから聞いてないか？　最近この催眠術に懸けられて、他人のために犯罪を犯しちまう奴等がいるんだよ」

そう言ったバートは勿体《もったい》つけたような上目遣いになり、スタンレーを凝視《みつ》めた。

「まだ聞いてないぜ、どんな事件だ？」

スタンレーは、なるべくバートに喋《しゃべ》らせようと急《せ》かしたが、当の相棒は、突然黙ってしまい、眼を瞠《みひら》いているだけとなった。

「メアリから聞いたのなら教えろよ、バート…」

バートは、サンドイッチを持った手を小さく動かして、気づいていないスタンレーに、背後を見ろと合図を送った。

何事か――と、スタンレーが振り返る前に、ロスフィールドが声を掛けた。

「スタンレー」

おだやかで美しい声。

バートは気圧《けお》されたように黙っている。

振り返ったスタンレーも、声が出せなかった。

貴族的な美貌《びぼう》の男。

たった今、肖像画の中から抜け出してきたかのような、アリスター・ロスフィールド。

ロスフィールドとの関係を隠しておきたいスタンレーは、自分たちが目立っていないことを願いながら、恐る恐る彼を見あげた。

だがスタンレーの願いは叶《かな》わず、またもいつぞやのように、捜査課大部屋に残っていた刑事たち全員の視線が、こちらに集中していた。

ジン・ミサオといいロスフィールドといい、どうして、これほど人目を惹《ひ》くくせに判っていないのか、無防備な行動を取る。

特にロスフィールドは、――ミランダに対して目立たないように振る舞っていた…らしいわりには――現在ここで、そういった配慮をまったく欠いているのは何故だろうか？

「スタンレー・ホーク、君の午後の予定はどうなっている？」

内心の動揺を押し殺しながら、スタンレーは投げやりに応じた。

「別に何も、調べ物があるくらいですが、なにか？」

「では、その前にすこし、わたしに付き合ってもらいたいのだが……」

「これを食った後でいいなら…」

するとロスフィールドは、スタンレーが持っているサンドイッチへ視線を落とし、頷《うなず》いてから、

「車で待っている」と、言った。

遠ざかって行くロスフィールドの後ろ姿を見ながら、バートが呟《つぶや》いた。

「なあ、スタン、囮《おとり》捜査で怪我させてから、お前は警視に対して一歩引いてるな…」

スタンレーは慌ててサンドイッチを詰め込み、しくじらないよう答えた。

「かもな——…」

それから、ふと想い出し、自分よりもはるかに物知りなバートに尋ねてみた。

「なあバート。ゲテモノ食いって、例えばどんなモノの場合に使うんだ?」

昨夜、ミランダ相手に『応用』したばかりだったからかも知れないが、まだスタンレーはフランク・サイトの言葉に拘《こだわ》っている。

「ゲテモノ食い? そりゃ、一種の悪趣味さ、気色悪い物を好んで食べるんだな、例えば、蛇とか虫とか…」

「もういいよ」

ムッとなり、スタンレーはバートを遮った。

「なんだよ、なんで怒るんだよ。本当のことだぜ」

「だからもう、聴かなくてもよくなったんだよ」

革製外套《ブルゾン》を引っ摑《つか》んで、スタンレーが歩きだした。

「なっ…んだよ、もう、なんにも教えてやんないからなッ」

背後からバートが叫んでいるが、スタンレーは振り返らず、ロスフィールドが待っている駐車場へ急いだ。

上級職者専用駐車場に駐《と》めた黒いメルセデスの中で、ロスフィールドはエンジンを掛けたまま待っていた。

運転手付きの送迎車ではなく、最近彼は、自分で車を運転しているのだ。

助手席にすべりこんだスタンレーは、ヒーターの利いた車内でほっと一息を吐くと、直ぐに、まくしたてた。

「頼むよ、ダーリン。大部屋の、皆がいる場所で俺に話しかけないでくれよ。今みたいな用事の時は内線電話か携帯に架けるか、フランキーをよこしてくれないか」

ロスフィールドが慎重に車を発進させる間、スタンレーは返事を待った。

「何度か電話を架けたが、通じなかった。それに、フランク・サイト警部補は出張中だ」

積み重ねた書類に押され、スタンレーの内線電話は話し中の状態であり、携帯電話は電源が切れている。

ゆえにわざわざ、ロスフィールド自身が内部管理課のオフィスを出て来たのだ。

「フランクが出張？　朝はいたぜ」

それでスタンレーは、ロスフィールドのオフィスへ行くのを取り止めたのだ。

「ミネアポリスの方で興味深い事件が起こった。警察関係者を集めた緊急の説明会が開かれると聴いて、急ぎ行ってもらったのだ」

職務に真面目なロスフィールドが、フランク・サイトを派遣し、現在自分と二人で車に乗っているのだ。意外な気がして、スタンレーは繰り返し訊《き》いた。

「興味深い事件？　それで、あんたの代わりにフランクが？」

「そうだ。わたしは、──お前と逢《あ》って話したいことがあったので……」

スタンレーは、「俺のために？」と声が弾んでしまわないよう抑えた。

「俺もあんたと話したかった。昨夜のミランダについて謝りたかったんだが、朝オフィスに行ったらフランキーが居て入れなくてな…その後はミーティングで、ジンの講演を聞かされていた」

ロスフィールドが微《かす》かに笑った。

「運河の進捗《しんちょく》状況を、後で教えて欲しい。それから、君を殺して心臓を奪ったと、ジンから聞いたよ」

乾いた笑いで、スタンレーは応《こた》えた。

「まあな、元はといえば俺がからんだのが原因なんだけどな…」

カレンはもう、心臓移植の希望者リストから削除された人物の洗い出しを指示しているだろう。スタンレーは頭の裡《なか》から、事件も、カレンも、ジンも追い払い、運転席のロスフィールドを横目に見た。

「俺も逢いたかったぜ、ロスフィールド。でもな、頼むから、皆が居るところで、気配もさせずに近づかないでくれよ、…心臓に悪い」

「疚しい気持ちがなければ、狼狽《うろた》える必要もないはずだ、スタンレー…」

ハンドルを握るロスフィールドの指を見たスタンレーは、昨夜は取り除かれていたマニキュアが綺麗《きれい》に施されているのに気づいた。

「あんたは……俺や、ジンとの関係を疚しく思わないのか？」

ロスフィールドは笑った。

「わたしのオフィスに押し入ってきたお前に、無理やりキスされたのは一度だけじゃない。お前に疚しい気持ちがあるとは思えないがな」

「あの時は、捨て身だったんだよ。でも今はもう判ってるんだ。あんたが好きだから、あんたとの関係を他人に知られちゃいけない」

スタンレーは、運転しているロスフィールドの膝《ひざ》に、そっと手で触れた。

「最初の時、あんたは泣いたな、俺が、傷つけちまったのか？」

信号で停止した時、ロスフィールドは顔を向けて、スタンレーと凝視めあった。

「驚いたのだ」

車を発進させて、ロスフィールドは続けた。

「乱暴に扱われるのには慣れていなかったからな、…それに、涙が出たのは、スタンレー・ホーク、お前の魂――というか、核に触れたからだ…」

「俺のた……核？」

いきなりスタンレーは怖じ気《お け》づいた。いつも、自分の内面に触れられることに対し、臆《おく》病《びょう》になるのだ。

幸いにも、ロスフィールドはこれ以上話題にしなかったので、スタンレーは助かった。

安全運転の車は、官公庁が建ち並ぶ十区から大通りを抜けて脇道へ入っていた。

十二区方向へ向かっているのだけは判る。

「ところで、どこへ行くんだ?」

スタンレーに訊かれ、ロスフィールドの薄い口唇《くちびる》が、答えた。

「落ち着いて話せるところだ…」

戸惑いながら、スタンレーが問いを重ねた。

「なんだよ、そんなに重要な話があるのか? いったい、どこなら落ち着いて話せるって?」

「グラントホテル…」

抑揚もなく、ロスフィールドが答えるので、その先でなにが起こるのか、スタンレーは摑みあぐねたが、もはや居直っていた。

「あんたとジン御用達のホテルだな、またレストランの個室で話し合うんなら、なんか食わしてくれ、葉菜ばかりのサンドイッチで、ウサギになりそうなんだ」

「部屋をとってある。食事が必要ならば、運ばせればいい」

すこし硬いロスフィールドの声。

「ジンも待ってるのか？」

落ち着かなくなってきたスタンレーは、次に、そう訊いていた。

「…いや、ジンは居ないよ」

あくまでもロスフィールドの声音は平坦《へいたん》で、含んでいる意味が掴めない。

焦《じ》れてきたスタンレーは、玉砕覚悟《ぎょくさいかくご》で突き進んだ。

「あんたと、やりたいね…」

間を置かず、ロスフィールドが答えた。

「——…わたしも、だ」

「本当か？」

スタンレーの声はつい大きくなり、困ったようにロスフィールドが眉根《まゆね》を寄せた。

6

グラントホテル最上階から見える運河は、薄い冬の陽光にもエメラルド色の輝きを放ち、スタンレーの知っている同じ河とはとても思えなかった。

「すげぇな、いったい幾らの部屋なんだ？」

インペリアルスイートの客室料金など、スタンレーには見当もつかない。

「支払いの必要はない、マクレランのホテルだ……」

レストランからランチを運ばせる手配を済ませたロスフィールドが、戻って来て、ここはマクレラン一族の所有するホテルだと明かした。

「あんたも、ジンも、嫌になるくらい金に恵まれてるんだな」

ドアを開け、豪華な続き部屋の総《すべ》てを見て回るまで、スタンレーはどこかにジン・ミサオがいるかも知れないと勘繰っていたが、それは空振りに終わった。

だがジンがいないと知った途端に、今度は箍《たが》が外れてしまい、寝室でロスフィールドに襲いかかっていた。

「ものすごく永い間、逢えなかった気分だぜ」

背後から抱き締められたロスフィールドは、忙しくネクタイを抜き取ったスタンレーの手が、胸から直ぐに下肢へ移ると、按《おさ》え、止めさせようとした。

「よせ、スタンレー。まだだ、シャワーを浴びて……」

口ではそう言うものの、ロスフィールドの裡で熾《おこ》っている情炎が、衣類を通してスタンレーに伝わってきた。

「シャワーなんか使ったら、あんたのいい匂いが、消えちまうだろう？」

前盾から差し入れた手でロスフィールドを愛撫《あいぶ》しながら、スタンレーは耳許《みみもと》へ囁《ささや》きかけた。

「それとも、俺に嗅《か》ぎつけられたら困る事情でもあるのか？」

「いや…、そんなことはない…が——慌《あわ》てないでくれ、眩暈《めまい》がしそうだ……」

ロスフィールドの声はかすれた囁きに変わり、ほとんど喘《あえ》ぎ声に近くなった。

「だったら、眼を瞑《つぶ》ってろよ」

背後から首筋に口づけ、舐《な》めあげたスタンレーは、ロスフィールドの耳朶《みみたぶ》を甘嚙《あまが》みしながら、服を脱がせていった。

やがてロスフィールドは、体温を持たない陶器かアラバスターを思わせる蒼白《あおじろ》い肌をスタンレーの前に晒《さら》し、ベッドに押し倒された。

両足の間に膝をついて立ったスタンレーが、黒のタートルネック・セーターの裾《すそ》を摑《つか》み、一気に手繰りあげて首から抜きとるのを、下からロスフィールドが凝視《みつ》めた。象牙《ぞうげ》色の肌に、腹筋の浮いた腹部、スタンレーが勃《た》ちあがった男を見せつけると、ロスフィールドは優雅な長い手を伸ばして、触れようとした。

「触るなよ、暴発するぜ」

笑いながら、スタンレーはロスフィールドの両膝に手を掛けて開かせ、中心へ向けて上体を屈《かが》ませた。

「だ…だめだ……」

口淫を拒絶して、ロスフィールドが逃げかける。わずかな刺激で、あられもない姿を晒《さら》してしまいそうなのだ。

逃げてゆくロスフィールドの先端を、素早くスタンレーは舌先で舐めた。

摑んだ膝頭が小刻みに慄《ふる》え、ベッドに仰向《あおむ》いたロスフィールドから呻《うめ》きが洩《も》れた。

「あいつには、いつもやらせてるんだろう?」

微かに、ロスフィールドの頬は引き攣《つ》ったが、それは直ぐに溶けたように消え、妖《あや》しい光が青い眸《ひとみ》の奥から射してきた。

濡《ぬ》れた光を宿した眸を見て、スタンレーには判った。

いま、ジンと交わした愛と欲望まみれの瞬間が、ロスフィールドの裡で甦《よみがえ》ったのだ――

と。

スタンレーは、「探りを入れてどうするつもりなんだ?」そう自分自身に問いたい気持ちだったが、知りたい情動が勝った。

両足の間に入り込むと、開かせたロスフィールドの腰を抱えあげ、親指で、彼の奥に触れていた。

すっきりとのびた爪先《つまさき》が、ぴくんッと、反応する。

もう片方の手を膝裏《ひざ》に差し入れたスタンレーは、持ちあげたまま、今度は右手の親指をロスフィールドの内部へ潜り込ませた。

「ん——…あっ」

ロスフィールドが身悶《みもだ》える。

拒もうとするロスフィールドの収斂《しゅうれん》がスタンレーを襲うが、強引に指を沈めた。

思いのほか容易に、親指の付け根までが、ロスフィールドに収まった。

「あいつの精を吸って、開花したってとこか?——ん?」

挿《い》れた親指で、スタンレーが肉襞《ひだ》を刺激すると、ロスフィールドは下肢から背筋にかけてを慄わせ、痛みではなく、心地好《よ》い疼《うず》きに支配された身体を悶えさせた。

「ああ…う…スタン…レー…」

すでに歓《よろこ》びの準備ができているロスフィールドは、進んで受け入れようとする。

二人とも、一刻も早く、肌を合わせ、情熱を交換したかったが、スタンレーの方は、まだ焦らすつもりだった。

ロスフィールドの敏感な部分を、指を使って執拗《しつよう》に捏《こ》ねくり回してやったのだ。

「スタンレー……っ……」

身悶えるロスフィールドの先端から溢《あふ》れる愛液を、スタンレーの舌が掬《すく》い奪《と》った。

「――ああ……」

強引なスタンレーの指を受け入れさせられ、愛撫され、啜《すす》りあげられるロスフィールドは、到達しかけて、喘いだ。

怺《こら》えるのが辛かった。昨夜、ジンと交わした情炎の焔《ほのお》が肉体の奥に残っていて、そこにまた、火を点じられてしまったからだ。

スタンレーもまた、ミランダと獣じみた愛欲を交歓しあった翌日であるというのに、萎《な》えず、尽きない欲望を肉体にたぎらせて、もはや限界に来ていた。

怺え過ぎて、痛みすら起こっている。

ついに、持ち堪《こた》えられなくなったスタンレーは、引き抜いた親指の代わりに、怒張をあてがおうとした。

すかさず、ロスフィールドは身体を返し、背後からスタンレーを受け入れようとする。

積極的な彼に、スタンレーはあてがい、ゆっくりと、繊細な肉襞をおしひらいた。

恍惚《こうこつ》と、苦悶《くもん》の混ったロスフィールドの声が、洩れる。

「深く、はいったぜ……」

熱いロスフィールドに包み込まれて、スタンレーは、張り詰めた痛みが和らぐのを感じた。

「判るか？」

「あ…ああ…」

前方へ回した手で、ロスフィールドに触れ、付け根から撫《な》であげると、あえかな喘ぎが洩れた。

「うう…」

ベッドに付いた指が、白くなるほど、シーツを握り締めている。

「そうら…」

ロスフィールドの腰を抱きよせたスタンレーは、自分の脚の間へと収めると、なおも下肢を進めた。

「あっ…挿《はい》ってくる…」

乱れた声が、口走った。

「まだだ」

ぐいッとのけ反るほどに下肢を突き上げて、スタンレーはすべてを与えようとした。

「ああッ、まだ…ぁあ…っ、まだ、お…前が挿って…くるっ…」

瞬間、脆くも達してしまったロスフィールドの前方を指で拭《ぬぐ》うようにしながら、スタンレーは、ゆるく動きはじめた。

下肢を覆っているロスフィールドの締めつけに、恍惚となりながら、次第に、スタンレーの抽挿《ちゅうそう》は激しくなった。

「あッ、ああッ…」

ほとんど汗をかかないロスフィールドの身体が、しっとりとしてきた。

「悦《い》きそうか？…俺で、悦きそうか？」

スタンレーの声は掠《かす》れ、ロスフィールドは肯きながら、切れ切れに呻きを洩らす。

「俺も、い…いぜ——一緒に…悦くか？……」

シーツを握った手を慄わせながら、ロスフィールドが喘いだ。

二人は、高みに達し、すべてを解放する瞬間を、あわせた。

肉の悦《よろこ》び、心の喜びが二人を満たした時、まだ一度も聴いたことがないほどに、艶《なま》めいて官能的な声が、ロスフィールドの口唇《くちびる》からほとばしり出た。

それは、歯を食い縛っても洩れ続けてしまい、スタンレーを刺激し、いっそう昂《たか》ぶらせ、胸のドラゴンが火を噴いた。

猛《たけ》ったスタンレーは、すべての制御を失った。

獣と化した彼は、底なしの欲望を発揮して、ロスフィールドを喰《く》らいにかかった。

「スタンレーッ…」

悲鳴しかけたロスフィールドの口唇は塞《ふさ》がれ、肉食獣の荒々しい息が、入り込んでくる。

ロスフィールドは、新たに燃えあがり、深い官能に堕《お》ちた――…。


激しい時間の後、今度は食欲を満たすため、スタンレーは隣室に届けられていたランチを寝室へと運び入れ、食べはじめた。

「ジンとは、どんなふうにするんだ?」

肉を嚙《か》むスタンレーの、大きな口と、よく動く顎《あご》、それから喉許《のどもと》へ視線を巡らせながら、ロスフィールドは、自分も今し方、ほとんど貪《むさぼ》り食われるところだったと思い、身体を熱くさせている。

「…ジンが、気になるのか、スタンレー…」

ベッドに横たわったロスフィールドが、物憂げに訊《き》いた。

窓から入る薄い冬の陽が、うっすらと上気したロスフィールドの裸体に差し掛かり、影の部分を青白く見せているのが美しい。スタンレーは、素直に答えた。

「ああ、奴は俺の恋敵だからな」

「Doppel-Ich《ドッペルイッヒ》」

金色の髪を枕に乱したまま、ロスフィールドが堅苦しいような言葉を発した。

「なに？　今、なんて言ったんだ？」

聞いたこともない言葉に、スタンレーは食べる手を休め、ベッドのロスフィールドを見た。

「ジン…は、わたしだ…と言ったのだ。ジンとセックスする時、わたし達はお互いに入れ替わったようになる──……」

恍惚が混じったロスフィールドの答え方。

「それは感覚的なものを言ってるんだよな？　まさか、本当にチェンジしちまうのか？」

「融合すると、ジンは言っている」

「なんとも羨《うらや》ましいじゃないか、それは、お互いの快感を共有できるってことだろう？」

短絡的に解釈するスタンレーだが、大きくは間違っていなかった。

「ジンは、スタンレー・ホークに嫉妬《しっと》しているよ」

次にそう言ったロスフィールドに対し、スタンレーは大袈裟《おおげさ》に反応していた。

「嘘だろう？　また殺されるッ」

ジンが嫉妬しているのは、判っていた。彼自身も、スタンレーの前で認めたのだ。

それだからこそ、『わたしが、あなたをいびるのには意味があると判りますね？』そう脅しながら、スタンレーの胸にドラゴンを彫ったのだ。

だが、あのジン・ミサオを、嫉妬に煩悶《はんもん》させている小気味よさに、スタンレーは内心ほくそ笑んだ。

対して、ロスフィールドの方は真面目だった。

「大丈夫だ、ジンがお前を殺そうと思ったのは一度だけで、以来、思っていない」

急速に、悦に入ったスタンレーの心は冷却されていた。

寒気がするという状態だ。

やはり殺す気にまでなっていたのなら、それは大問題だったからだ。

なぜならば、「以来、思っていない」ではなく、「考えないようにしているだけ」だと、スタンレーには判るからだ。

今朝のミーティングでスタンレーは、ジンの秘《ひそ》かな願望を叶《かな》えさせてやったのかも知れない。得るものもあったが――。

折角、ロスフィールドと二人きりでいられるというのに、ジン・ミサオについてはもう考えたくなかった。

「ところで、ミランダの舞台だけどな、行かなくていいんだぜ」

スタンレーは、話題を転じた。

「水曜日は、他に予定は入れてない。観にいくよ」

当たり前のようにロスフィールドが答えたので、スタンレーの方が困惑した。

昨夜遅く、自宅にまで来られ、断れずにチケットを購入しただけだと思っていたからだ。

そこでスタンレーは、忠告を試みた。

「無理しない方がいいぜ、あんたにはショックなステージかも知れないからな」

うっすらとロスフィールドが笑った。

「殺しを視てしまうよりもショックなものを、見てみたいものだな、スタンレー」

「確かに、そうかも知れないな…、ジンはどうする？」

考えるのを止めたはずなのに、またジンがスタンレーの意識について回る。

「あいつも行くのなら、ミランダに言えばチケットは手に入るぜ」

ロスフィールドが本気で行くと判ったスタンレーは、それならばジンもついてくるだろうと踏んで、そう訊いた。

だが、ロスフィールドの方が、はっきりしていた。

「ジンは関係ない。これは、お前と、彼女と、わたしの問題なのだろう？」

スタンレー・ホークの愛人ミランダ・ラコシ。ロスフィールドはそこに自分も絡めて、言葉を継いだ。

「それにもう一度、彼女に会って視《み》たいからな」

意味深長に言って、ロスフィールドはベッドから起きあがった。

署に戻ったスタンレーを待っていたのは、凶報だった。

「おい、どこ行ってたんだスタンレー、直ぐに来てくれッ」

初動捜査班を乗せたワゴン車が先に出て行くのを見たスタンレーは、緊迫する空気に神経を尖《とが》らせ、肉体の裡《なか》に残っていた高揚も一気に失《う》せた。

「なにがあったんだッ」

擦れ違いざまに、同僚のビリー・ハリントン刑事が怒鳴った。

「また見つかったんだよ、内臓のない死体だ」

「遅かったな、スタンレー、警視と揉《も》めたのかと心配してたぜッ」

バートと、ボマージャケットを着込んだカレン・ローソンが、厳《いか》めしい足取りで近づいてきた。

「急いで支度して、スタンレー。今度は子宮と卵巣まで奪われてるのよ」

「被害者は女なのか？」

「そうよ」

同性が受けた惨《むご》い仕打ちに、いつもよりもカレンは苛立《いらだ》っているように見える。それと

も、すでに冬の日は落ち掛けて、雪こそ降らないものの、増してくる寒さに腹を立ててい
るのかも知れない。
「誰か、ジンに訊いてみたか？　子宮や卵巣を奪って、子づくりできるかって、さ…」
「可能なんじゃないか？　移植できないのは脳だけって話だからな」
話に加わったバートを睨《にら》んだカレンは、投光器の数が足りないと言いに来た巡査に対し
ても、声に凄味《すごみ》を利かせた。
「もう初動班が持って出たのよ、それよりも、ポットいっぱいに熱いコーヒーを用意して
きて、絶対に、現場じゃ必要になるから、それと、ゲロ袋ッ」
個性的な美人の、大きめな口から、よく通る声が、
「あんたたちだって、自分の吐いたゲロが明日まで凍ってるの見たくないでしょ」と、続
けた。
豪華な、暖かい部屋で、ロスフィールドと交わした快楽の時間は、もはや完全に遠ざか
り、スタンレーにとって憂鬱《ゆううつ》で厳しい夜がはじまった。

7

スタンレーは、十八時からのディナー・アンド・トップレスショーへ向かう車の中で、先週発見された死体の状況をロスフィールドに説明していた。

ホテルでの情事の後、スタンレーは運河から引き揚げられた被害者の現場へ行かされ、ロスフィールドは、ミネアポリス警察から迎えに来た小型飛行機に乗ったのだ。

フランク・サイトと共に戻ってきたのが、昨日だった。

発見された被害者には、今までにない興味深い相違点があったので、スタンレーは早くロスフィールドに知らせたかった。

この一年で、運河から見つかる臓器のない死体は、三十二体になった。女性の方が少なかったが、先週見つかったキャリィ・ライアを入れると八人になる。

キャリィは、スカンジナビア系白人で、二十六歳のコールガールだった。

今までとの顕著な違いは、キャリィ・ライアの子宮と卵巣が摘出されていることと、心臓を取り出した空洞部分に傷があったことだ。

「死体の状態から見て、今回欲しかったのは卵巣なんじゃないかと思われてる。でもついでに心臓や他のも獲《と》っておこうとして、乱暴に扱ったって感じだな…」

「誰かが、実習台に使ったのかも知れないな」

ロスフィールドの声に、犯人への嫌悪が混じっている。スタンレーも同じ気持ちで、頷《うなず》いた。

だが、ホテルに着き、車から降りた時には、一時だけでもキャリィ・ライアを忘れることにした。

今夜のロスフィールドは、動物愛護協会からクレームが付きそうな全身シルバーフォックスの豪華なコートに、爪先《つまさき》の尖ったクロコダイル革の靴を履いているが、美貌《びぼう》と相俟《あいま》って、とてもじゃないが市警察の警視には見えなかった。

モデルか、――高級な男娼《だんしょう》のようだった。

コートを脱いだ下には、ピンストライプのスーツ。

ネクタイの代わりにアスコットタイを結び、楕円《だえん》形の縁をゴールドで囲ったオリーブ・グリーンの宝石を留めている。

宝石はペリドットで、よく見れば、横顔が彫刻されているのが判るだろう。

今夜のコーディネーターが誰なのか、聞くまでもなかった。

けれども、スタンレーがもっと驚いたのは、集まった客の装いが、それほどロスフィールドを異質にしていないことだった。

ホテルで公演される、五〇〇ドルのディナー・アンド・トップレスショーにくる連中の、階級と意識を見た気がした。

「アリスター・ゴードンなわけだな、ここでのあんたは…」

「ジンも同じことを言っていた、ゴードンとして振る舞えば馴染《なじ》めると…」

二か月ほど前になる。

裕福な一人暮らしを専門に狙い、強盗と殺人を繰り返していた十代の窃盗グループ、そのリーダー的存在だったシンディ・ウェイドに目をつけられたロスフィールドは、襲われ、命を狙われた。

それこそが、スタンレーの囮《おとり》捜査の目的だったのだが、この時、社交クラブに所属するために用意されたロスフィールドの偽名が、アリスター・ゴードンだったのだ。

「馴染める…か、あいつらしいぜ、まったく…」

そう言うスタンレーも、全身を一張羅のスーツで装っている。

目付きと口の悪さにさえ気をつけていれば、若い、やり手の弁護士くらいには、見えた。

ミランダ・ラコシの配慮で、二人の席は最高の場所だった。

ディナーの合間に、女優と肩書きを付けたダンサー達の、肉体の神秘を垣間《かいま》見られるという席なのだ。

「気絶しないでくれよな、ロスフィールド」

スタンレーの心配をよそにロスフィールドは、いつも向かっているコンピュータのディスプレイを見るように、踊りながら芝居する彼女たちを、真面目に観ていた。

騒々しく、おどろおどろしく、きらびやかなダンスショーには、ストーリーがあるらしいのだが、スタンレーには皆目判らず、他の客にも判っていないだろうと思われた。

ストーリー性が盛り込まれたのは、日頃、ストリップティーズなどは観に行かないが、興味はあるという気取った連中を相手にしたショーだからだ。

それでも、ラスベガスのホテルでは夜毎ひらかれるショーの何百分の一程度の規模だが、比較的優雅に栄えてきた地方都市バージルシティでは、斬新《ざんしん》で、刺激的な企画と言えた。

さすがに、中盤から登場するミランダだけは、別格だった。

褐色の肌の彼女が、エジプトの女王の衣装で現われるや、ようやく、このショーのストーリーが、『アンソニーとクレオパトラ』であることが判り、舞台に重みが加わった。

後半は、ミランダの独壇場で、自慢の乳房をむき出しで芝居する場面に移った。

格別のオーラを放っているかのように、ミランダは輝き、美しかった。

魅惑的な彼女に、女性客も惹《ひ》き込まれてゆくのが感じられ、舞台は成功に終わったのだ。

一時間ほどの舞台の後は、さっさと食事を済ませてお帰りくださいとばかりに、照明が明るくなった。

「なあ、ロスフィールド…」

メインに魚を頼んだスタンレーは、出てきたニシンに後悔しながら他のテーブルを見回しているうちに、気がついたことをロスフィールドに教えようとした。

「どうした？　スタンレー…」

ロスフィールドの皿のラムチョップも、冷凍肉を使ってあるみたいだが、ていねいに食べられている。

「振り向くなよ、二つ向こうのテーブルに、あんたの知り合いがいるぜ、それも、若い金髪美人を連れてる」

ロスフィールドは、ナプキンで上品に口許《くちもと》を拭《ふ》いてから、彼の名前をスタンレーに伝えた。

「ルイス・クウェンティン。画家だ」

社交クラブの美男子ルイス・クウェンティンとロスフィールドは、スタンレーが頼んだ囮捜査で関わりをもった。

しかし、事件が解決してからは、出会うこともなかったのだ。

お互いの行動範囲が違うというだけで、見事に交差せずに済んだのだが、どうやら、エドモンドホテルは彼のテリトリーに属するらしい。

あるいは、ディナー・アンド・トップレスショーか……。

「なんだ、知ってたのか?」

「彼も、気がついているようだな…」

思い掛けない再会によって、ロスフィールドは本当にアリスター・ゴードンを再演しなければならなくなった。

デザートのチェリー・ジュビレを食べ終えたころ、先に席を立ったルイス・クウェンティンが、近づいてきた。

ルイスは、まずはスタンレーを観察し、それからテーブルの後ろを回って、ロスフィールドの眼に入る位置に立った。

「やあ、ゴードン。久し振りだね」

気取った声には、どこかしら皮肉に聞こえる含みが混じっている。

「ルイスじゃないか…」

拍手してやりたくなるほどの上手《うま》さで、ロスフィールドは偶然の再会に驚いた様子を演じた。

「相変わらず、綺麗《きれい》だね、ゴードン」

対するルイスは、俗物だった。

「ところで、君は家を引き払ったんだね?」

囮捜査のために借りた三〇区の一軒家は、事件解決と共に引き払っていた。

そうとは知らずに、ルイスは訪ねて行ったのだ。

囮捜査によってシンディ一味が逮捕された裏事情は、報道されていない。むろん、ルイス・クウェンティンも知らないはずだった。

身分を明かせないロスフィールドが、ゴードンのままで、受け答えた。

「別に部屋を借りたんだ。どうも、庭つきの一軒家はわたしの手に余るのでね…」

「今時、いい仕事をする庭師を探すのは、至難の業だからね。…それで、どこへ越したんだい？」

スタンレーが助け船を出そうとする前に、ロスフィールドはあっさりと口にした。

「シックスス・アベニューのマンションだ」

「まさか、ツインタワー？」

ショックと感銘を受けたように、ルイス・クウェンティンの声音がうわずった。

「そう、ツインタワーのレフトの方だ」

賢明なロスフィールドの答えだった。もし仮に、ルイスが訪ねて来たとしても、充分に対応できる。

バージルシティの六区に聳《そび》える、富を象徴する建造物ツインタワーは、ジン・ミサオの一族が所有するものなのだ。

「あのビルは、持ち主が日本人だっていうのは本当かい？」

ルイス・クウェンティンが探りを入れてくる。

「そうらしい…」

ロスフィールドは曖昧《あいまい》に答え、ルイスもそれ以上は聞けないと思ったのか、質問の方向を変えた。

「ゴードン、彼を紹介してくれないのかい？」

話題が自分に移ったのに気がつき、スタンレーはギョッとしたが、もはや、ロスフィールドの方が落ち着いていた。

「彼は、同僚のスタンレー…」

いきなりロスフィールドは、テーブルに置いたスタンレーの手を握って、うっすらと微笑した。

「わたしの、恋人です」

一番驚いたのはスタンレー自身で、ルイス・クウェンティンは、理解のあるところを見せつけた。

「やっぱり君は、そうか――…でも、打ち明けてくれて嬉《うれ》しいよ」

ルイスによって、罪を赦《ゆる》されたような面持ちになったロスフィールドは、

「彼は、社交クラブで知り合った画家のルイス・クウェンティンだ」そう、スタンレーに紹介した。

なにか答えなければと、スタンレーは焦りを感じた。ところが、軽く会釈しただけで、ルイス・クウェンティンは、完全にスタンレーを無視すると決めた様子だった。

そのルイスが突然、ロスフィールドに向かって腕を伸ばしたかと思うと、アスコットタイに留められた宝石を摘《つま》んだ。

「凄《すご》いな、君の横顔だね、ゴードン」

一瞬身構えたスタンレーの方は、拍子抜けと同時に、目敏《めざと》いルイスに驚かされた。

ロスフィールドの宝石に、横顔が浮き彫りされているのは気づいていた。

その手の装飾品は、カメオというのだとも知っていた。

だが、動物型《モールド》に入れて作ったミントゼリーみたいだ——程度にしか考えていなかったのだ。

ルイス・クウェンティンとロスフィールドが、宝石について論じ合っている。

スタンレーは、傍らで二人の会話を聞きながら、自分が妻と巧くいかなかった原因を発見したような気持ちになった。

それは一言で表すならば、配慮が足りなかったということかも知れない。

彼女の容姿、身に着けているもの、髪型を変えた時などは違いに気づいてやり、反応するといった心配りが、スタンレーには欠けていたのだ。

「ルーイス、ねぇ、もう帰りましょうよ」

長く待たされて焦《じ》れたのだろう、あるいは、自分だけが除《の》け者にされているのが気に障ったのか、ルイスが連れていた女性が近づいてきて、拗《す》ねた声を出した。

ほっそりと優美な身体に、メタリックな赤いドレスが素晴らしいが、まだ胸や腰に未発達な幼さが残っている。装いから判断する年齢よりも、もっと若いのかも知れない女性だ。

「判ったよ、直ぐに行くよ…」

しかたなく、ルイス・クウェンティンは別れの挨拶《あいさつ》をすると、ロスフィールドの前を離れた。

「あいつは、異常に、あんたに対して興味を持ってるな…」

最後までスタンレーは無視されたかたちになったが、むしろ、面白がって言った。

「でも、つくづく、あんたたちが金持ちでよかったと思うよ。ジンにはツインタワーがあるし、あんたにはグラントホテルがある。今の男をはぐらかすのに、ホテルに住んでると言ってもよかった訳だ」

融けてしまったアイスクリームを、残っていたチェリーにからませていたロスフィールドが、上目遣いになった。

「ホテルはだめだ」

「なんでだ？」

ひと匙《さじ》すくって食べた後で、ロスフィールドはスタンレーに答えた。

「ルイスのような男が訪ねてくるのは、わたしにとって芳しくない」

「ははあ…、親元に通報されちまうんだな？　お宅の息子さんは、どうやらゲイらしいです。愛人は日本人かと思ってたら、次々といろんな男が訪ねてきます…ってな？」

冗談であれ皮肉であれ、スタンレーはロスフィールドを不愉快にさせただけだった。

だが、わざと憎まれ口を叩《たた》いたのには、理由があった。

ロスフィールドとの関係を思うと、最近のスタンレーはナーバスになってしまうからだ。

「いきなり『わたしの恋人です』って言われて、俺はどう答えようかと思ったよ。素直に喜んでいいのか、嘘も方便なのか、あいつを追い払うためにだけ言ってるのかも知れないからな」

スタンレーに内心を窺《うかが》わせないポーカーフェイスのまま、ロスフィールドが応じた。

「お前は、まだ、わたしとの関係を気持ちの裡《なか》では整理出来ていないのだな、だから、疚《やま》しく感じたりもするのだ」

「いいや、もう整理出来てるよ。俺はあんたが好きなんだ。心も肉体も欲しいんだよ…。でもな、俺には、あの男みたいには振る舞えないってことさ…」

「わたしに対して、なにをどう振る舞いたいのだ？」

改めて訊《き》き返され、スタンレーは苦笑しながら数えあげた。

「気の利いた話題も持ってない…」

二人でディナーと、ショーを楽しみに行く途中の車中でも、スタンレーが話題にしたのは、先週発見された運河の死体についてだった。

「あんたが身に着けてる宝石の価値も判らないし、服を褒めたり、今日も貌《かお》が綺麗だよ…なんて、とてもじゃないが、言えないぜ」

今日も綺麗な貌が、まっすぐにスタンレーに向けられ、青い眸《ひとみ》が凝視《みつ》めてくる。

「そういう台詞《せりふ》を言われて、わたしが悦《よろこ》ぶと思っているのか？　スタンレー…」

「あんたは、嬉しがらないかも知れないが、きっと女なら、そういう些細《ささい》な積み重ねが好きなんだろうな、嬉しく感じるのかもな……」

凝視め返してくるスタンレーから、ロスフィールドは視線を逸《そ》らした。

「喜ばせたい女性がいるのならば、現在の生活を改めるのだな、君がやる気にさえなれば、直ぐに昇進できるだろう…」

そう言ったロスフィールドを、スタンレーは遮った。

「女は、ミランダだけだ。彼女は俺にとっては特別な女なんだよ、現在のままで、ずっとやっていける…」

ロスフィールドが複雑な貌をしているのに気づかずに、なおもスタンレーは続けた。

「あいつにとっても、俺は特別らしい……」

他人が聴いたら、惚気《のろけ》でしかない。

「では、楽屋を訪ねなくていいのか？」

食後のコーヒーに口をつけ、一口味わってから、ロスフィールドは勧めた。

「会って、素晴らしかったと褒める。…そういう些細な積み重ねが大切なのだろう？」

なにかの皮肉が混じっているのか？　この時スタンレーはロスフィールドからいつにない違和感を覚え、戸惑った。

前にも、似たような感覚に囚われた気もするが、咄嗟《とっさ》に想い出せなかった。

それでも、楽屋を訪ねる必要性はスタンレーにも理解出来たので、食事の後、主役として個室を与えられているミランダの元を訪ねることにした。

8

「スタンレーッ、あんた達が来てくれたんで、あたし、張りきっちゃったわ」

トップレス姿のミランダは、スタンレーに飛びつき、首筋から、頬、最後に口唇《くちびる》へと、キスの雨を降らせた。

「面白かったぜ。もっと別の褒め方がいいのかも知れないが、俺には面白かったし、刺激的だった。専属になれるな、きっと」

「あたしも、そんな手応《てごた》えみたいなのを感じてるわよ」

沢山の花束と贈り物が積みあげられた楽屋と、舞台の成功が、ミランダを興奮させている。

次に、控え目に賛辞を口にしたロスフィールドに対しても、彼女は首に腕を巻きつけるようにしなだれ掛かり、サッと、口唇を盗んだ。

彼女の抱擁とキスは、挨拶する人々が交わす程度のものだったが、ロスフィールドの方は、ショックを受けたようになり、立ち竦《すく》んだ。

口唇を手で押さえてしまったロスフィールドを、ミランダが笑った。

「あ、あ…らぁ…、女からのキスははじめて？　それとも胸が触っちゃった？」

まだ抱きついていたミランダだが、これ以上苛《いじ》めるつもりはないというふうに微笑んだ。

「ありがとう、来てくれて…」

そしてミランダは、改めてロスフィールドに礼を言った。

「あなた、とても目立ってたわよ。舞台裏で皆が噂してたもの、ミランダさんの客席にすっごいゴージャスな男性が居るって…」

離れ際にミランダは、ロスフィールドのカメオに気がつき、指でなぞった。

「素敵なブローチ、緑の宝石ね？」

まだロスフィールドは、驚きから立ち直れない様子だったが、長年培って来た精神的な強さを懸命に発揮しようと試みた。

「ペリドットだ。よければ、君にプレゼントしよう、素晴らしい舞台を観せてもらったお礼に…」

「本気なの？」

ミランダばかりでなくスタンレーも、ロスフィールドの気前のよさに驚いたが、タイからカメオのブローチが外され、手渡されるのを黙って見ていた。

ロスフィールドなりの、ミランダに対する賛辞なのだろうと思い、彼女の成功を自分の事のように喜ぶスタンレーも、嬉《うれ》しくなってくる。

「ありがとう。絶対大切にするわ」

微笑んだミランダは、ジン・ミサオから贈られてきた豪勢な花束を差して、

「お願いよ、今度は彼も連れてきてね。一番いい席を用意させるから」そう言うと、楽屋の戸口に顔を出したエージェントのマーク・ハイツへ視線を向けた。

「…なによ、マーク、隠れてないで入って来たら？　スタンレーじゃない」

ミディアムブロンドの巻き毛に空色の瞳《ひとみ》、子役上がりのマーク・ハイツは、とうに三十歳を過ぎているが、かつて美少年だった面影を残す愛想のいい好青年だ。

四年前にミランダと出会った彼は、お互いに男と女の関係を飛び越えた運命を感じ、彼女のエージェント兼マネージャーになったのだ。

「見違えたよ、スタンレー、けど、悪いね、ミランダは、もうワンステージ終わった後、ホテルのお偉いさん方を接待なのさ」

暗に、スタンレーがミランダを誘い出し、金にならないセックスをして欲しくない、――つまりタダで抱いてくれるなと、マークは言いたいのだ。

このホテルのショータイムに食い込むために、今夜のミランダは、他の誰かを愉しませなければならないのだから…。

そんな仕組みは、スタンレーにも判っていた。

「明日はオフよ、夜、あんたのアパートへ行くわ…」

間もなく次のショーがはじまるミランダは、化粧を直しながら、鏡越しにスタンレーへ声を掛けた。

「いいでしょ？」

マークと、ロスフィールドに聴かせるように、ミランダの声は、高らかに響き渡った。

「ああ、成功をお祝いしようぜ」

スタンレーは片手を挙げて応じてから、先に出たロスフィールドの後を追った。

「ロスフィールド、待ってくれ。おい、待てよ、なにか、怒ってるのか？」

クロークのところまで来てようやく振り返ったロスフィールドは、怒ってはいないと答えた。

だが、どこかしらいつもと違う様子で、受けとったコートも着ないまま、スタンレーの支度が整うのを待っていた。

直ぐに、エントランスへ車が回されてくる。

来る時も、ロスフィールドのメルセデスをスタンレーが運転して来たのだが、帰りも彼には任せておけなかった。

そして、凍てついた夜の中、帰路を辿《たど》る間中、ロスフィールドは抱えた毛皮に顔を埋《うず》めるようにしていた。

「どうしたんだよ、気分が悪いのか?……」

スタンレーの方は、気が気ではなかった。

それは、ロスフィールドが不機嫌になるか、あるいは、気分が悪くなる要因を、いくつも思い描けるからだ。

中でも一番まずかったのが、トップレス姿のミランダに抱きつかれ、キスされた所為《こと》だと、思う。

熱烈とは言い難い、小鳥が嘴《くちばし》を啄《ついば》ませた程度でしかないキスだが、女に対し免疫のない者には、ショックだったのではないか?

――いや、ロスフィールドが女を知らないとは、限らないが……。

「なあ、ロスフィールド、ミランダがあんたの気に障ることをしたんなら、俺が謝るよ。だから機嫌直し…て…」

「スタンレーッ」

言い掛けたスタンレーを、ロスフィールドが、鋭く遮った。

「な、なんだ?」

少なからず、ギクリとなったスタンレーの、ハンドルに掴《つか》まっている腕にロスフィールドが、そっと触れた。

声の調子は鋭く、厳しかったが、手の感触には、お互いに惹《ひ》かれあっている者同士だけが感じる温《ぬく》もりが存在していた。

「ツインタワーへ行ってくれ…」

「ジンの所へ行くのか?」

　また叱られるのかと呻《うめ》いたスタンレーの腕に、ロスフィールドの力が加わった。

「わたし達の後ろから、ルイス・クウェンティンが跟《つ》けてくる。白のメルセデスだ」

「なんだよ、あいつ……」

　直ぐにスタンレーも、背後に白いメルセデスがいるのを確認した。運転者の顔までは見えなかったが、ロスフィールドがルイスだというのならば、間違いないだろう。

　副腎《ふくじん》のあたりから、苦みのある怒りがわいてきたスタンレーは、舌打をした。

「…あいつ——…」

　ロスフィールドに興味を持ち、執拗《しつよう》に付け回す男。高じれば、ストーカーにまで変じる恐れがある。

　尾行に感づいてからも、スタンレーはこちらが気づいたと知られないように六区まで誘導し、ツインタワーの前へ車を乗り入れた。

　大聖堂のように聳《そび》え立つ二塔には、それぞれ制服に身を包んだドアマンが六人。エントランスロビーのフロントには四人のサービスマン。さらに、ジン・ミサオ専任のフロントマネージャーが控えている。

ルイス・クウェンティンといえども、これでは中まで追って来られないだろう。

スタンレーとロスフィールドは、日系人のフロントマネージャーの出迎えを受けて、専用のエレベーターに乗った。

十三階に着き、エレベーターのドアが左右に引いて開くと、そこはすでにジン・ミサオの住居の内部となっている。

上昇してくるエレベーターで気がついていたのか、フロントから連絡があったのか、玄関ロビーでは長袍《チャンパオ》姿のジンが待っていて、二人を出迎えた。

9

「お帰りなさい、早かったのですね…」

ショーを観た後、ロスフィールドはスタンレーと八区の自宅へ帰るものと思っていたジンにすれば、二人の訪問は意外でもあるのだ。

だが、ロスフィールドから毛皮を受けとろうとした時に、彼の異常に気がついた。

「アリスティア?」

「…吐き…そうだ――…」

言うなり、ロスフィールドは口許《くちもと》を手で押さえ、苦しげに眉根《まゆね》を寄せた。

「こちらへ、吐いてしまえばいい――…」

急ぎ、ジンは小広間ほどの部屋を通り抜け、プライベートな廊下の方へロスフィールドを連れて行った。

ジンの住まいには、いったい幾つの部屋があるのか見当もつかない。スタンレーは贅沢《ぜいたく》な佇《たたず》まいに気圧《けお》されながらも、一緒について行き、バスルームでは、ロスフィールドの上着を脱がせるのを手伝った。

「吐けば楽になります」

そう言ったジンが、いまにも指を口に入れようとするのを遮って、ロスフィールドは黒い大理石のシンクに凭《よ》り掛かった。

壁もバスタブも黒い大理石で作られたジンのバスルームは、ロスフィールド邸の古典的な優雅さと比べると、淫靡《いんび》なくらいに派手だった。

なにしろ、黒い大理石の他には、立体的な星形のシャンデリア、金の蛇口、マットとタオルは真紅という配色だったからだ。

「アリスティア？」

話せない——口を開けないロスフィールドが、手でジンとスタンレーを遠ざけ、出て行くように合図した。

付き添って世話を焼きたいジンまでも、ロスフィールドの拒絶にあい、仕方なくスタンレーとバスルームから寝室の方へ移った。

以前、スタンレーが懲らしめられた時の寝室である。

そして今も、原因をつくったのだろうスタンレーを、ジンが責めるように睨《にら》みつけた。

「あなたは、アリスティアに何をしたのです？」

「違うぜ、ジン」

背後の壁にぶつかりながら、慌ててスタンレーは、怒る男を宥《なだ》めにかかった。

「あんたの悪い癖だぜ、直ぐに、この俺が、なにかしたと思うなんてさ…」

「他に考えられますか？ あなたと出かけたのに、わたしの元へ帰って来た。そのうえ、吐き気を訴えている。あなたが悪いに決まっています！」

断言されたスタンレーは、つい反発のあまり、乱暴な口調になった。

「卑猥《ひわい》なショーを観て、ショックだったのかもな。なにしろ、トップレスのねぇちゃんが、眼の前で踊るんだからな」

半裸のミランダに抱きつかれ、キスされたことは黙っている方が賢明だと、スタンレーの裡《なか》で警告音が鳴っている。

「それだけですか？ 他に…カメオをどうしました？ 落としたのですか…」

首のアスコットタイを弛《ゆる》める時に気がついたのだろう。もっとも、あれほど大きい宝石を見落とす者などいないはずだ。

「ああ、あのカメオは、舞台の成功を祝って、ロスフィールドがミランダにプレゼントしたんだよ。楽屋でな…」

今になって、ロスフィールドの気前の良さが、スタンレーは気になった。

「大事なものだったんじゃないのか？ なんなら俺が、ミランダに掛け合って取り戻して来てもいいが」

「いいえ、アリスティアが贈り、彼女が受けとったのならば、それでいいのです」

どことなく、含みをもったジンの言い回しが引っ掛かる。そこにはなにか、自分が見落としている真意があるのかも知れない――と思い、スタンレーは食い下がった。

「けど、自分の顔を彫らせたものなんて、凄《すご》い値打ちものなんじゃないのか？　本当に、やってもよかったのか？」

「ペリドット自体、それ程高価な石ではありません。アリスティアの肖像が彫られたのも、アリゾナにある彼の鉱山から採れたものだからにすぎません。そういう類《たぐ》いの宝石類は、いくつも持っているようです…」

聞いているうちに、スタンレーは嫌気が差してきた。

「そうかい、そうかい、ロスフィールドの生家について忘れてたよ、ホテルの他に、油田や宝石の出る鉱山まで持ってるのかよ」

さらにスタンレーを『むかつかせ』て楽しむためだけに、ジン・ミサオが付け加えた。

「わたしも、金山を持っていますよ」

「本当か？……ったく、お前たちときたら、俺たち庶民を敵に回すのも無理はないな」

険悪な口調で言うスタンレーを、ジンは微笑の力で、迎え撃った。

東洋的な、不可解で、美しい微笑が彼の顔に広がると、スタンレーは呑《の》まれたようになってしまうのだ。

「我々は、土地や、石から得られるエネルギーが欲しいだけなのですが…ね、まあ、それはさて措《お》き、彼女がよくぞカメオを受けとったものだと思いまして…」

「どういう意味だ？」

単純なスタンレーには、ジンの言いたい真意《ところ》が理解できず、訊《き》き返した。

「普通は、自分の『恋人』の浮気相手からの贈物には躊躇《ちゅうちょ》しますよ。それも、その相手の顔が彫られているものなど、欲しがるとは思われませんね」

ここまで言われて、ようやくスタンレーにも通じた。

ミランダは地方回りとはいえ、ずっとスター女優だった。芸能人の常として、贈物を受けとるのに慣れ、無神経になっている部分が無きにしも非ず。

「舞台の直後で興奮した状態じゃ、そこまで気づかなかったのかも知れないぜ…」

最初、スタンレーもロスフィールドの肖像だとまでは判らず、細かい凹凸が刻まれている程度にしか見ていなかった。

一目で気づいたのは、ルイス・クウェンティン、あの男だけだ。

画家だから――かと思って納得していたが、尾行までされてはこのままにしておけない。

「ジン、頼みがあるんだッ」

「なんです？　わたしのカメオが欲しいのですか？」

まだ、妖《あや》しくジン・ミサオが微笑んでいる。気にするまいとしながら、スタンレーは続けた。

「このフロア全部はあんたのものだって言ったよな？　だったら十三Bに、アリスター・ゴードンの名前を入れてくれないか」

「アリスティアを囮《おとり》捜査に使った時に、あなたが考えた名前ですね。まさか、また、囮捜査を考えている訳ではないでしょうね？」

威嚇するように、ジンの双眸《そうぼう》が細められてきて、水晶のように、燦《ひか》った。

「二度と、アリスティアを危険な目には遭わせない。そんなことを考え付くあなたは、治療が必要です。わたしの……」

「待てよ、人の話を聞けよ、いいか、もう囮捜査は無しだ…多分…、またやったら、俺はジム・ウィルスキーに殺される。でもその前に、あんたには、死ぬまでじわじわ痛めつけられそうな気がするからな…」

「スタンレー・ホーク、この前の一件で、わたし達はお互いを理解し合えたようですね」

満足げなジンの言葉に、スタンレーは男らしく端整な顔を歪《ゆが》めた。

胸のドラゴンが疼《うず》きだして、彫られた時の痛みが蘇《よみがえ》ってくるような気がする。

けれども、問題はそれどころではなかった。

「社交クラブで、ロスフィールドに興味を持った男がいるんだよ。今だって、そいつが後ろから跟《つ》けてきたんで八区へ行かずにここへ来たんだ」

「誰です？　その男は――…」

ジンの声に、凄味《すごみ》が加わった。

「ルイス・クウェンティンって画家だ」

一度くらいはロスフィールドに名前を聞いていたのだろう、ジンは、頷《うなず》いた。

「それでしたら、本当のことを話して解決するのが一番早いのではないですか？　捜査の一環で社交クラブに入っていただけだと」

「囮捜査について話せる訳ないだろう！　それに、ルイスって奴に関わるのは駄目だ。絶対に駄目だ」

力を込め、スタンレーは却下を繰り返した。

「なぜです？」

「奴は、ロスフィールドに、気がある」

それだけで充分だった。

直ぐさま、ジンは電話でフロントマネージャーを呼び出した。

今日、スタンレーはジン・ミサオに対し、二つの秘密を持った。

ロスフィールドが、ミランダにキスされたこと、それから、スタンレーを『恋人』と、ルイス・クウェンティンに紹介したことだ。

「スタンレー、どうしました？　まだ問題がありますか？」

さっそくフロントにゴードンの名前を登録させたジンが、声をかけてきた。

「い、いや…なんでもない……」

否定したスタンレーを、ジンが睨《ね》めつけている。

口にしなかった秘密を探り当てられた気がして、スタンレーは冷や汗を掻《か》いたが、ちょうどそこへドアが開いたので、ジンの意識が逸《そ》れた。

全身ずぶ濡《ぬ》れになったロスフィールドが、酔ったような足取りでバスルームから出てきたのだ。

駆け寄ったジンが、衣類をすべて脱がせにかかった。

まるで、母親だった。

「ブランデーでも用意しましょうか？」

ガウンで裸身を包み終えたジンが訊くと、ロスフィールドは頭《かぶり》を振って拒絶した。

「なにも要らない…もう、落ち着いた……」

そうロスフィールドは答えたが、怠《だる》そうな動きで寝台に横たわり、積みあげられたクッションに身体を凭《もた》せ掛けた。

人造的なまでに整った横顔が、スタンレーの眼にはいる。

それは、カメオに彫刻された横顔と同じものだ。

「大丈夫か？　なんか、食い物が悪かったんじゃないのか？」

至極当たり前の結論を出すスタンレーに対し、ロスフィールドも、そのように思わせるつもりで、頷いた。

単純にスタンレーは納得する。

そして、いつものように髪を整えていないロスフィールドは、若く見え、また別の魅力があると思いながらも、眼が眩《くら》んでしまう前に、カメオについて持ち出した。

「こんな時になんだけどな、あんたがミランダに贈ったカメオのブローチ、やっぱり、自分の顔が彫ってあるのに、簡単に他人にやっちまうのはよくないぜ…」

ロスフィールドは目線をあげて、スタンレーを凝視《みつ》めた。

「普通は、そういうものなのか？」

具合は悪そうだが、ロスフィールドは明瞭《めいりょう》な声で聞き返してきた。

「…っていうか、高価なものだろうし、ミランダが、あんたの顔のついた宝石を持ってるってのもな……」

どうもスタンレーの歯切れは悪い。そこへ、いきなりロスフィールドが問いかけてきた。

「彼女を愛しているのか？　スタンレー」

「そりゃあ…、愛っていうの形は色々あるけど、好きな女に間違いはない。セックスもいいし、さっぱりした性格もいいし、俺たちは、お互いに特別な関係なんだ…と思うね」

つい先ほど、エドモンドホテルでも似たような会話を交わした。

二度も聞き出し、本心を確かめたいのだろうか…と思っていると、そんなスタンレーに対し、ロスフィールドは、

「間もなく、死の翼が彼女を連れ去る…」と、言った。

数瞬の間があり、ようやく、ロスフィールドの放った言葉の意味が、スタンレーの脳にまで達した。

「なんだって？　もう一度言ってくれないか…」

理解するには、まだ時間が、あるいは決定的な言葉が必要だった。

「彼女は死ぬ」

双眸が、透明なまでに青く変わったロスフィールドは、スタンレー・ホークに答えを与えた。

「よせよ、不吉なことを言うなよ」

「本当のことだ、スタンレー…」

飛びつくように、スタンレーはロスフィールドの腕を摑《つか》みとった。

「いつなんだ？」

声音が尖《とが》ってしまう。反してロスフィールドの声は抑揚を欠いていた。

「そこまでは判らない。ただ、先日の夜に感じ、今日、彼女の死を、わたしも呑《の》み込んでしまった……」

もう一度ミランダに会って視《み》たいとロスフィールドが言った理由はこれであり、そして口移しされた彼女の死の毒に中《あ》てられたのだ。

「どうすりゃいいんだ」

助けを求めてスタンレーは問いかけたが、ロスフィールドは絶望的な答えを返した。

「誰にもどうすることも出来ない。彼女自身が、破滅の運命を引き寄せている…」

身震いを起こし、スタンレーは打ち消すように叫んだ。

「そんな馬鹿なッ」

狼狽《うろた》えるスタンレーに、ロスフィールドは告げなければならなかった。

「予兆はあったはずだ。どこかで、彼女は、死に取り憑《つ》かれたのだ」

「も——し…かして…あれ？…か……」

「思い当たる事柄があるのか？」

ロスフィールドに訊《き》かれたが、スタンレーは「ない」と否定した。だがしかし、もう、他の原因を考えられなくなっていた。

口にすることで自分が認めてしまうのが怖く、誰にも言わずにきたあの出来事。

ミランダにすら訊けずにいる、あの、不思議な一瞬。

ロジャー・ブラウン事件を解決出来たのは、あの時点で、少し未来のミランダから架かって来た電話がきっかけだった。

彼女は未来の新聞記事を読みあげ、スタンレーに事件解決の糸口を授けてくれたのだ。信じられなかったが、スタンレーは試しに七十区の半ば倒壊しかけた貸スタジオというのを探させ、結果、ロジャー・ブラウンが隠していた証拠物件を発見したのだ。

「感応する力の持主ならば、霊界に足を踏み入れた者の起こす奇跡を受けとることは可能だ」

スタンレーは、そう言ったロスフィールドに食って掛かった。

「あんたのようにか？　でも俺にそんな感応力があるとは思えないぜ、それとも、あんたの所為《せい》か？　あんたの力が伝染してるとか…」

発せられるスタンレーの怒りと嫌悪を感じて、ロスフィールドは戦《おのの》いた。

感応力があるからこそ、スタンレーがジンによって選ばれ、また、自分も惹《ひ》かれているのだ――と、ロスフィールドは伝えられずにいる。今は、その時期ではなかったからだ。

「すまん…あんたの所為じゃない……のに、酷《ひど》いこと言って悪かった……俺は、これで帰るよ。ジン、ロスフィールドを頼む…悪かったな……」

我に返ったスタンレーは、ロスフィールドを責めたことを恥じるように謝ると、後退《あとずさ》り、部屋を飛びだした。

ミランダの死を信じはじめている彼は、彼女を救うために、とにかく逢《あ》わなければと思ったのだ。

10

ロスフィールドは寝台《ベッド》から離れると、成り行きを見守っていたジンに自分から歩み寄って、抱きついた。

慈しむ力を強めて、ジンがロスフィールドを抱擁する。

「ジン…、わたしの手は、汚れているか?」

問われたジンは、抱いていたロスフィールドを放し、彼の両手をまじまじと察《み》た。

差し出された両手は、汚れどころか、染みも、黒子《ほくろ》のひとつも見当たらない。

それを伝えてやるが、ロスフィールドはジンの言葉を受け容《い》れなかった。

「彼女にキスをされた時、視えた。わたしは、血だまりに手を付いた…」

嫌悪がまじるロスフィールドの声。そして、自分のうつくしい形の指を、手を、彼は交互に見比べている。

「アリスティア、他になにが視えたのです?」

ジンに訊かれたロスフィールドは、スタンレーには告げられなかったミランダの死《し》に様《ざま》を伝えた。

「……彼女をレイプして……褐色の肌を引き裂く……」

微《かす》かな慄《ふる》えを放った後で、恐ろしい言葉の塊が、ロスフィールドの口唇《くちびる》から吐き出された。

「彼女を殺すのは、わたしかも知れない…」

喘《あえ》いだロスフィールドを、ジンは抱き締めた。

「アリスティア……」

胸許《むなもと》にしなだれかかった金色の頭髪の中へと指をからませ、さらに強く、ジンはかき抱いた。

「ジン、しばらく、ここに居てもいいだろうか？　独りになるのが恐いのだ…」

寝台へとロスフィールドを連れ戻したジンは、自分の胸の鼓動を聴かせるようにしながら、優しく囁《ささや》いた。

「もちろんです。必要なものはなにもかも揃っていますから、不自由はさせません」

願ってもないことと、ジンの声音にうっとりしたものが混った。

「あなたの面倒も、わたしが総《すべ》てみてあげます。……アリスティア…」

「だが…ジン、もしも…」

まだロスフィールドの方は、恐れ、怯《おび》えている。

「黙って……」

髪を撫《な》でていた指を、ロスフィールドの喉許《のどもと》まですべり下ろしたジンは、顎《あご》の付け根へと差し入れ、口唇をひらかせながら囁いた。

「アリスティア……考えてはいけません、今はただ――…」

ジンの柔らかい声になだめられ、ロスフィールドは訊き返した。

「ただ？」

「わたしのことだけを想《おも》って、…アリスティア」

囁いたジンの口唇が、ロスフィールドの口唇を覆い、直ぐさま、嚙《か》み合う歯車のように重なり合った。

淫《みだ》らに蠢《うごめ》く熱い舌に口の内を舐《な》められ、ロスフィールドは息苦しさに喘いだが、それでも執拗《しつよう》に舌を絡められ、吸われ、軽く嚙みつかれると、眸《ひとみ》を閉じた。

舌のうえをすべり、舌小帯の位置を確かめ、さらには、歯並びを舐めて引いたジンの舌は、ロスフィールドの口唇をも舐める。

「ああ…っ…」

何度か繰り返されてゆくうちに、ロスフィールドの強張《こわば》りが溶けて、ようやく、ジンに応《こた》えられるようになってきた。

ガウンを解かれ、寝台に横たわったロスフィールドの前で、ジンも着ていた長袍《チャンパオ》を脱ぎ落とし、裸体をさらけ出した。

二人ともが、すでに昂《たかぶ》っていたが、寝台の上でお互いの身体に腕を回し、複雑に抱きあって、さらに長い接吻《せっぷん》を交わしあった。

それは次第に口唇をそれて、身体の、すべての部分へと移ってゆく。

肌に口唇をつけられ、吸われた部分から、甘美な刺激が入り込み、波紋が広がるように、身体の隅々にまで行き渡ってゆく心地良さが、ロスフィールドを喘がせた。

「あ、ああう……」

ジンの口唇が下肢に達した時、――スタンレーに求められても素直に応じられなかったロスフィールドだが、進んで宝物を差し出すかのように振る舞った。

そのうえに、ジンの指がロスフィールドをひらき、舐め下がってきた舌が挿入されると、あからさまに歓喜の声を洩《も》らした。

「――は…あぁうっ…」

充分に馴《な》らされるまで、巧みで、淫らなジンの愛撫《あいぶ》は続き、官能をかきたてられ、欲望を高められてゆくロスフィールドから、禁が解かれた。

絡めた指で搾りたてられ、激しく愛されたロスフィールドは、身体の位置を変えることを望み、今度は逆に寝台へと横たえさせたジンの上に、覆い被《かぶ》さった。

最奥へ、ロスフィールドは自らの手でジンを誘い、もう片方の手を胸許に這《は》わせるように置いて上体を支えた。

お互いに凝視《みつ》めあいながら、ロスフィールドはゆっくりと腰を落とし、ジンの昂りを身体の内へ沈めた。

「……う…っ」

すべてを納めた瞬間に、ロスフィールドは全身に歓喜の慄えを走らせ、白い喉を仰《の》け反らせた。

「あ……ああ！」

続いて、怺《こら》えようのない声が、ロスフィールドから洩れでた。

「アリスティア…」

動いても良いかと、ジンが眼で訊《き》いたが、ロスフィールドは頭を振り、自分から腰を使いはじめた。

彼は、なにかから逃げようとでもするかのように、積極的になった。

「アリスティア…」

逆に犯されているようなジンが、ロスフィールドの下から囁いた。

「スタンレーは、あなたを抱く度にミランダと比較しているはずです。女を知っていれば必ずそうなる。そして、自分にとって、どちらがより刺激的であり、強い快感を得られるのかを考えているでしょう…」

甘い息苦しさの合間に、ジンから囁かれた言葉は、ロスフィールドを戸惑わせた。

「ジン、君もか？　女性と、わたしを比較しているの…か？」

腰を使う度に、えぐれたように細い腹部の、女性器を連想させる縦長の臍《へそ》が妖《あや》しくうねっている。

ジンは腕を這わせてゆき、ロスフィールドの身体を掴《つか》むと、より密着する形に抱きよせながら続けた。

「初めて、あなたを抱いた時に、わたしは変わりました。幼虫だったそれまでの自分から羽化し、本来の姿を知ったような気がしました。まったく別の生き物に変わったのです」

結合している下肢を軸に、二人の肉体が折り重なり、ロスフィールドはいっそうの刺激を受けた。

「その時から、あなたが、わたしのすべてになった」

下から、ジンが動きはじめた。

「う…あっ…」

息も整えられなくなり、ロスフィールドは押し寄せてくる熱い波に翻弄《ほんろう》される。そしてふたたび、叫びをあげる肉体を、瞬間のために解放した。

気が遠くなる一瞬。

「あ――ッ……」

四肢の隅々まで浸す快美の疼《うず》きとともに、脳が、——痺《しび》れたようになった。

「アリスティア…」

耳許で、ジンがロスフィールドの名前を呼んだ。

「……アリスティア」

遠い、遠い昔、どこかで聞いた声に似ているジンの囁き。

「もしも、あなたが彼女を殺すのであっても、それならばそれで良いではありませんか、わたしが彼女を誘《おび》き出してあげます。あなたの気の済むように、殺させてあげる」

思いがけないことをジンが口にした。

「スタンレーの恋人と知って、あなたが心を乱されるというのならば、殺してしまいましょう。彼女の内臓をぬき奪《と》ってしまえば、一連の殺しとの区別が付かなくなる…」

ロスフィールドが、視て、感じ、恐れている未来を口にして、ジンは唆《そそのか》す。

「駄目だッ。そんな…ことを、考えてはならないッ」

ロスフィールドはジンを突き放そうとしたが、黒い水晶を思わせる眸に睨《ね》めつけられ、動けなくなった。

「愛していますよ、アリスティア。あなたの望みを叶《かな》えるためならば、わたしはどんなことでもします」

そのためには、善悪など、どうでも良いことなのだと言わんばかりのジンを制止しようとして、ロスフィールドが叫んだ。

「や、止めてくれッ、ジンッ！」

叫んだ拍子に、自分の声で眼が醒《さ》めた。

「──夢……」

寝台の中にいるが、傍らにジンの姿がない。──と、廊下側のドアが開き、鮮やかなキモノをガウン代わりに羽織ったジンが戻ってきた。

「うるさかったですか？」

そう言うジンは、手に携帯電話を持っている。

深夜、電話が架かってきたが、眠っているロスフィールドを起こすまいと、隣の部屋で話していたのだ。

「スタンレーからか？」

予感を覚え、ロスフィールドが指摘すると、ジンは頷《うなず》いて答えた。

「ミランダとは逢《あ》えなかったそうです。しかし、彼女が誰と一緒なのかは判っているので、とりあえずは安心したのでしょう、あなたにそう伝えてくれとのことです」

時刻は午前二時。誰もが、ベッドの中にいる時間だった。

「彼女は誰と一緒なのだ？」

ロスフィールドに訊かれたジンが、ショービジネス界の現実を伝えた。

「ホテルの支配人です」

理解したロスフィールドは、激しく愛し合った後の気怠《けだる》い身体を寝台のクッションに預け、ジンに向かって右手を差し出した。

キモノを脱ぎ落としたジンが、ロスフィールドの傍らに入ってきた。

「まだ朝まで時間があります。お休みなさい、アリスティア…」

シーツをたくしあげ、ジンがロスフィールドの身体を包み込んだ。

眠れるように、優しく身体を擦られる。

だが、見たくない夢にうなされて目覚めたロスフィールドは、寝台の中でジンと身体を密着させ、互いの温《ぬく》もりを感じていても、眠りという安らぎを得られなかった。

そのうちに、ジンが眠りに就いてしまうと、いっそう取り残された孤独感に襲われ、先ほどの夢――ミランダを殺し、臓器をぬき奪ってしまう――という考えが、自分の裡《なか》に潜んだ本心ではないかと恐れるようになった。

夢の中で、自分からではなく、ジンに言わせているのにも、ロスフィールドは引っ掛かりを感じるのだ。

「ジンは、わたし《ドッペルイッヒ》だ」と、スタンレーに言ったことがある。

不安のまま、眠れずに朝を待つには時間があり過ぎる。

仕方なく、ロスフィールドは睡眠薬に頼る方法を考え、ジンを起こさぬよう注意深く寝台から降りた。

服用するところを見られるのもよくないと判っている。

ジンは、ロスフィールドの身体が薬に対して過剰反応する性質《こと》を心配しているのだ。

それでも必要な時もある。

ロスフィールドはバスルームに入ると、収納棚になっているシンクの鏡を開け、並んだ薬の中から睡眠薬の瓶を取った。

キャップを捩《ね》じり、錠剤を取り出そうと瓶を傾けた時、中から液体とともに内臓の一部が流れ出てきた。

ハッと戦《おのの》いたが、手掌《てのひら》には白い錠剤が乗っているだけだった。

心を鎮めようとしながら、中の二つを口に含み、少量の水で服《の》みこんだ。

11

目覚めたロスフィールドは、寝台脇のテーブルに置かれたLED時計が十四時を示しているのを見て、眠り過ぎたことに気づいた。

睡眠薬が十二時間もの間、夢も見せずに眠らせてくれたにしては、頭の芯《しん》がぐらつき、身体も怠《だる》かった。

薬に頼った後は、いつもこうだったと思いながら起きあがる。

ジンはとうにクリニックへ出勤しているのだろう、どこにも気配が感じられないが、時計の隣に飲み物と蓋《ふた》付きの耐熱容器《ココット》が置いてあり、カードが添えられていた。

『食事は冷蔵庫のなかに入れておきました。署の方へは欠勤の届けを出しておきます。わたしが帰るまで待っていてください』

ジンのメッセージを読んでから、ロスフィールドはパックに入ったグレープフルーツジュースと、ココットのカスタードプディングを食べた。

水分と糖分を補給したことで、頭と身体がしっかりしてくる。だが、完全に眼が覚めたのは、着信を確認するために取りあげた携帯電話を見た時だった。

ロスフィールドは、今日が金曜日であり、一日分の時間が飛んでいる事態に気がついたのだ。

眠っていたのは、十二時間ではなく三十六時間だったということだ。

以前にも同じ現象があった。それゆえに、服む薬の量は守ったはずなのに、今回もまた、身体が過剰反応を起こしていた。

ジンとスタンレーへ電話を架けたが、繋《つな》がらないため不安に駆られ、ロスフィールドはシャワーを浴びて着替えると、一人で警察署へ向かった。

午後の出払った時間帯なので、殺人課の大部屋には、カウンター業務のグレイ・タルボットが一人きりで電話番をしていた。

これほど誰もいない日は珍しい。

「スタンレーはどこだ？」

まだ新人のグレイは、いきなり入ってきたアリスター・ロスフィールド警視に話しかけられて、緊張のあまり飛びあがりそうになった。

「げ、げっ、現場に出てます。また、死体が発見されたんです」

「現場はどこだ？」

「ええっと、その、十六区の公園にある野外劇場です」

十六区は警察署ともかなり近く、バージルシティ大学のキャンパスがある。刑事たちが出払っている訳も判った。

「ありがとう。スタンレーが戻り次第、わたしのオフィスへ顔を出すように伝えて欲しいのだが……」

「は、はい。必ず伝えますです」

ロスフィールドは、緊張のあまりに硬くなっているグレイから早々に離れると、内部管理課オフィスへ向かった。

ドアを開けて入ると、コンピュータに向かっていたフランク・サイト警部補が驚いたように眼を瞠《みは》った。

「警視、お加減はよろしいのですか？」

フランク・サイトは席を立って来て、ロスフィールドからコートを脱がせ、ロッカーにしまったが、次に、自分の上司が必要としているものを看てとった。

「いま暖かいミルクでもお持ちします…」

彼の心遣いを待つ間、ロスフィールドは自分のデスクに座ったが、落ち着かなかった。

デスクの上に、一日半分の——自分が不在だったために処理されていない書類が積まれているのを見ると、いっそう不安な気分になってしまうからだ。

ジンのクリニックへ行こうかと立ちあがりかけた時、書類の陰に置かれていたティッシュペーパーの塊に気がつき、丸められたゴミかと摘《つま》みあげた。

カタンと、中から、落ちたものがある。

それは、ロスフィールドのカメオだった。

二日前に、ミランダ・ラコシに贈ったペリドットの浮き彫りなのだ。

「なぜ、ここに……」

息が出来なくなったように、ロスフィールドは喘《あえ》いだ。

「誰が──…」

急ぎ、ジンのクリニックへ電話を架けるが、誰も、出ない。携帯電話へも連絡したが、通じなかった。

するとなおも焦燥が押し寄せて来て、ロスフィールドは立っていられないほどになった。

「警視、どうされました？　警視ッ」

戻ってきたフランク・サイトが異常に気がつき、駆け寄ろうとしたが、ロスフィールドは大丈夫だと制した。

だが、手掌に握ったカメオが異様に熱かった。そこには怒りが宿っていて、ロスフィールドを灼《や》こうとしているかのようだったのだ。

「フランク、…ジンを探してきてくれないか、ジンを──…」

眼の前にいる部下には、なにもかも勘付かれていると承知で、頼んだ。

「それが警視、ドクターは今朝から犯行現場に出ています」

「なぜ、ジンが犯行現場に？」

訝《いぶか》しみ、ロスフィールドが呻《うめ》いた。

「今朝、スタンレーに喚《よ》ばれて向かったきりなんです。現場になら、連絡を入れられます」

フランクの答えを聞いて、さらにロスフィールドは驚き、自分の裡《なか》で確かめるかのように繰り返した。

「スタンレーが、なぜ、ジンを？」

前に運河の捜査関係者を集めたミーティングで、ジンがスタンレー相手に興味深い話を披露した。

その噂を聞いていたフランクは、ゆえにジンが呼びだされたのではないか――と、ロスフィールドに伝えた。

「被害者は、今までのように、臓器を奪《と》られているのだな？」

ロスフィールドが訊《き》き返してきたので、フランクが答える。

「はい。しかし、今回は運河に遺棄されたのではなく、どこかで処置され、死体だけ野外劇場のステージに運ばれたのです」

「野外劇場？――」

ロスフィールドの声が掠《かす》れた。動悸《どうき》が、激しくなってくる。

「はい、なにか意味があるのかも知れません…」

そこでフランクは自分の携帯を取りだし、初動捜査班から入っていた情報を読みあげた。

「被害者の名前は…ミランダ・ラコシ、女優とだけしか、今のところは判っていません。

警視？　警視ッ…――」

彼女の名前を聞いた瞬間、フランク・サイトの声が遠ざかり、ロスフィールドの身体は
ゆっくりと、床に頽《くずお》れていった。

12

「寒いわ…」

ミランダ・ラコシの声が、震えながら途切れた。

「なんだって、こんな寒い夜に、野外《そと》で、こんな目に遭わなきゃなんないのよ…」

抗議を含んだ彼女の声は、凍えているせいか、抑揚が乱れ、トンネルの中から聞こえてくるような感じだった。

彼女は毛皮のコートを持っていたが、いまは身体の下になっていて、なんの役にも立っていない。いや、剝《む》きだしの肌が人工池の縁石で擦れるのを防ぐ役割は担っている。

レイプされている事実よりも、彼女の心は、引き千切られたドレスを勿体《もったい》なく思い、購入したばかりの毛皮が、濡《ぬ》れた縁石で台無しになってゆく方に向いていた。

いきなりナイフを突きつけられ、車に乗せられた挙げ句、夜間閉鎖された私立公園へ連れ込まれてのレイプだった。

だが彼女には、相手の男が『誰か』判っており、心配といえば、明日の契約に支障を来たさないかということと、毛皮についてだった。

「ねぇ、あんただけ、ずるいわよ」

伸《の》し掛かってくる男の方は、動物愛護協会から抗議を受けそうなシルバーフォックスのコートを纏《まと》い、前だけを探り出してミランダに捩《ねじ》り込んだのだ。狡《ずる》いと教えてやる。

「ホテルまで待てないわけ？　それとも、あたしに拒まれると思ったの？」

話し掛けるミランダの口調に、怒りはなかった。むしろ、母親的なあたたかい労《いたわ》りが滲《し》み、腕を伸ばし、指先で額に垂れた男の前髪を掻《か》きあげてやりさえしている。

彼が、自分に性衝動を感じてしまい、居ても立ってもいられなくなったのだと、心で理解していたのだ。

地方回りの舞台女優などやっていると、衝動的な求愛を受け入れなければならない時もある。彼女にとって、レイプまがいの性交は初めてではないのだ。

けれども、レイプされていながら、ミランダは相手を赦《ゆる》し、愛してやる。そうすれば、終わった後で、二人とも傷つかずにいられることに、以前気がついたからだ。

「ねぇ？」

自分の眼眸《まなざし》が、男の欲望を燃えあがらせると知っているミランダは、媚態《びたい》をこめた上目遣いになった。

閉園時間中は外灯も消され、人工池の照明だけといった闇《くら》さだが、彼女の双眸《そうぼう》からは、格別の光りが放たれているのが視える。

「ピルを服《の》んでるから、膣《なか》に出してもいいのよ」

男を早く到達させるために、ミランダが自分から腰を揺すった。

「第二ラウンドは、ホテルに戻ってからにしましょう……よ……ねえッ？……」

肛門《こうもん》に力を入れたのか、彼女の膣《なか》がもの凄《すご》い勢いで締めつけてきた。

射精までは考えていなかった。

――そんな危険を冒せるはずがない。

慌てて下肢を退いたが、ミランダの肉鞘《なか》から抜き取った途端、下肢に激痛が起こり、それが、外気に凍えてのものだと判ると、ふたたび彼女の内奥へ戻ろうとした。

太腿《もも》を抱えて女体の重みを感じながら、巣穴に潜り込みたがる小動物のように圧《お》しつけると、ミランダの顔が歪《ゆが》んだ。

焦るあまり先端が逸《そ》れて、女の肛門に触れたのだ。

「や、やめてよッ、そっちはいやよッ」

今まで受け容《い》れていた態度とは違い、ミランダが抵抗をみせたので、つい、その気になった。

「イヤァーッ」

暴れ出したので、力ずくで押さえつけねばならなかったが、思ったよりもスムースに、肛門への挿入が叶《かな》った。

「うぅッ、オカマやろう、あんたの趣味に付き合うつもりはないわよッ」

息が詰まるほどの圧迫感に恍惚《こうこつ》となりかけたところへ、憎しみと嫌悪がこもった叫びを浴びせ掛けられて、腹の奥が、カッと熱くなった。

侮辱された思いに駆られ、振りあげた手で、ミランダを打った。

「な、なにすんのよッ」

ミランダの抵抗が強まると、狭い肛門の内部がいっそう締まり、望むように動けない。

素早く抽《ひ》き抜き、痛めつけてやろうという勢いで、ヴァギナへ突き挿《い》れた。

熱く潤った女性器はすぐさま受け入れたが、肛門の絞めつけを味わってしまったせいなのか、──物足りなさを感じた。

弛緩《しかん》した口の内のように、締まりが悪いのだ。

満たされない欲望に憤りを感じ焦《じ》れているのに、いつまでもミランダが抵抗を止めないのが、腹立たしくなってくる。

半ば無意識的に、おとなしくさせようと首に手をかけた。

瞬間、膣奥がキュッと締まったように感じられて、新たな快感に脳が侵された──。

悪くなかった。

女も具合がいい──。

「ああ……っ」

白い息とともに、快感が迸《ほとばし》った。

我に返った時、身体の下でミランダ・ラコシは死んでいた。

夢中になるあまりに、彼女を扼殺《やくさつ》してしまったのだ。

死体は見慣れていた。恐怖はなかったが、直ぐに、別の心配が起こり、狼狽《ろうばい》せずにいられなくなった。

このまま女の死体を放置してはおけない。

私立公園なので、朝の十時にならなければ開園されない規則は知っていた。公園管理者が見回る時間を考えても、九時までは誰も来ないだろうから、時間は充分にあるのだ。

それならば、やらなければならない作業は判っていた。

女の子宮を取り出すのだ。

コートのポケットには、ミランダを脅して車に乗せる時に使ったナイフが入っている。

摑《つか》み出そうと手をポケットに入れた途端、突き刺さる痛みが走った。

ナイフの先端に触れたのかと、慌《あわ》てて手を引いたアリスター・ロスフィールドは、自分の右手に包帯が巻かれているのを見た。

同時に、視界がひらけ、色々なものが、より鮮明に見えるようになった。

ここは十六区の私立公園ではなく、シックスス・アベニュー１１２番地十三Ａの主寝室だった。

身に着けているものも、シルバーフォックスの毛皮ではなく、しっとりしたシルクの寝間着だったが、今まで夢を見ていたと思うことは、さすがに出来なかった。

ロスフィールドは混乱しかけ、助けを求めて部屋の中にジン・ミサオを探した。

時刻は、午後七時を過ぎていた。

特別の予約患者がいない限り、ジンは帰宅している時間だが、どこにも、彼の姿はなかった。

全身に冷たい汗が浮かんできた。

いやな臭いのする汗だ。

――異界から漂う、オゾンの臭いだった。

ロスフィールドはいま、楽屋でミランダから受けたキスによって垣間見《かいまみ》た彼女の死と、その後――レイプした後に腹部を切り裂き、血溜《だま》りに手を入れて内臓物を掴みとる――に繋《つな》がる直前の光景を、視たのだ。

視たのではなく、経験を想い出しただけかも知れなかった。

自分がミランダ・ラコシを殺したという経験を。

頭を振って視た光景を追い出し、ロスフィールドは記憶を辿《たど》ろうとした。

木曜日の午前二時頃に睡眠薬を服《の》んでから、眼覚めたのが午後の二時。だが、十二時間後ではなく、三十六時間経った金曜日の午後二時だった。

急いで警察署へ行った。そして、オフィスでミランダに贈ったペリドットのカメオブローチを見つけ、同時に、彼女が殺されたと聞き、衝撃のあまりに意識を失ったのだ。

意識を失ったのは初めてであるが、薬によって、長時間の昏睡《こんすい》に陥るのは初めてではない。

そして現在、その三十六時間の記憶がないのだ。

アリスター・ロスフィールドでは無かった時間がある——ということではないか……。

ロスフィールドは右手の包帯を外し、手掌についた針による小さな刺し傷を見た。

血が固まって、赤い点になっている。ナイフで切った傷ではなかった。カメオを強く握った所為《せい》で、裏の留め金があたり、突き刺さったのだ。

オフィスのデスクにあったペリドットのカメオ。

それは、ロスフィールドがミランダを殺した時に、奪い返してきたのかも知れない——。

ロスフィールドは、手を握り締めて傷痕《きずあと》を覆い隠すと、寝台から降りた。

降りた拍子に、桃の香りを感じ、自分を取り巻いていたオゾンの臭いが消えたことに気がついた。

ジン・ミサオは、邪気を退け、一個で一千年の長寿が得られるという伝説の仙人桃を育てている。

彼を探して、ロスフィールドは寝室からよろめき出た。

13

「眼が覚めましたか？　アリスティア」

　黒い大理石とゴールドで築きあげられた浴室の、広いバスタブを満たすミルクのような湯の中にジン・ミサオがいた。

「ここにいたのか…ジン……いつ、帰ってきたのだ？」

　ロスフィールドの声には安堵《あんど》がまじり、敏感に聞き分けたジンは、優しく頷《うなず》いた。

「十分ほど前です。それまでは、サイト警部補があなたに付添ってくれていました」

　バスタブに入ってくるようにと、ジンが手招いている。

「フランク・サイトが？」

　ロスフィールドはガウンを脱いで全裸になってしまうと、ジンを凝視《みつ》めながら、繰り返した。

「ええ、わたしと一緒に、あなたをここまで運んだのです…」

　ジン・ミサオは、ロスフィールドの青白い裸体へと、妖《あや》しい情熱を宿した双眸《そうぼう》を向けたが、声音は、いつもと変わらなかった。

「憶《おぼ》えていますか？　アリスティア。あなたは、自分のオフィスで倒れたのですよ」

「ああ、憶えているよ…」

頷いたロスフィールドは、バスタブの縁を跨《また》ぐと、ミルク色の香湯を溢《あふ》れさせないように、ゆっくりと身を沈め、ジンと向かい合った。

すかさず、なめらかな手が身体に触れてきて、ロスフィールドは抱き締められた。

「署の方には、あなたが倒れたと聞いて直ぐに戻ったのですが、夕方の予約がありましたので、わたしは帰れなかったのです。身体の方はどうです？」

「身体が、悪いわけではない…」

お互いに理解し合い、別の問題へと移った。

「ジン…なぜ君が、現場に招《よ》ばれたのだ？　検死官は居なかったのか？」

「検死官は居ましたよ。検死局のグリンジャーが、男女二人の検死官補を連れて来ていました。わたしを招んだのは、スタンレー自身です」

フランク・サイトも、スタンレーの要請でジンが現場に向かったと言っていた。

「昨夜別れたばかりの愛人が、無残な姿で発見されたのです。それでなくても、感情を抑えることが苦手な彼は、わたしに助けを求めたのです――…」

自分を制御できなくなることを、スタンレーが恐れたのは理解できる。そして、彼は、ロスフィールドにこそ助けを求めたかっただろう…とも、想像できた。

「それでスタンレーは、どうなのだ?……今は」

ジンは抱き締めていたロスフィールドの身体を離し、答えた。

「今は、落ち着いたでしょうね、おそらく……」

曖昧《あいまい》なジンに、ロスフィールドが繰り返して訊《き》いた。

「おそらく?」

波紋も立てずにバスタブの中を移動したジンは、ロスフィールドとは反対側の縁に凭《もた》れ掛かり、上目遣いになった。

「スタンレー・ホークは、好きな女の死を、簡単に受け容《い》れられるような男ではありません…」

「そうだな…」

傷ついた手掌《てのひら》へと視線を落とし、ロスフィールドが口をひらいた。

「彼女へ贈ったはずのカメオが、オフィスのデスクに置いてあった…」

「ミランダが返して来たので、スタンレーがあなたの所へ置いて来たのだそうです」

現場でスタンレーと会った時に伝えられた事柄を、ジンは話した。だが、それはロスフィールドを安堵させるには到らなかった。

「持った瞬間に、彼女の怒りが宿っているのを感じた」

喘《あえ》ぐように、ロスフィールドが続けた。

「ミランダを殺したのは、わたしなのだ……」

「いいえ、あなたではありません。アリスティア」

ジンが威厳のある声で、きっぱりと否定したが、ロスフィールドの方は受け容れなかった。

「本当だよ、ジン。視たのだ…」

身悶《みもだ》えるように、ロスフィールドが悲痛な声を放った。

「それに、わたしには三十六時間の記憶がないッ」

「アリスティア…あなたは、フロントもドアマンも二十四時間態勢のビルから気付かれずに出て行き、自分で車を運転し、どこに居るかも判らないミランダを偶然発見したのですか？」

答えられないロスフィールドに、ジンが責めるような口調になった。

「選《よ》りにも選って、ヒューム教授のいるバージルシティ大学と目と鼻の先の私立公園へ連れ込み、扼殺《やくさつ》した果てに腹を割いて腸を掻《か》き出し、子宮を切り奪《と》ったというのですか？」

ジンは諄《くど》いほどの物言いで繰り返した後、有り得ないことだと、打ち消した。

「…彼女の死亡推定時刻を教えてくれないか？」

ロスフィールドの方も、譲らなかった。

「今のところ、零時から午前三時か四時の間とだけ…」

死亡推定時刻は、一般的に体温の消失から計る。一時間に摂氏二度くらいずつ下がってゆき、次第にゆっくりになり、四十時間でほぼ外界の温度と同じくなるが、ミランダの場合は、死後硬直の具合から死亡時刻を推定されていた。

「その時間に、君はどこにいたのだ？…ジン」

微《かす》かに、ジンが言い淀《よど》んだのを、ロスフィールドは感じとった。

「わたしは、二十三時に最後の予約カウンセリングが終わり、カルテの整理を済ませてクリニックを出たのが午前一時過ぎです。ここへ帰ったのは二時頃でしたが——、アリスティア、あなたは昏睡状態で眠っていましたよ」

普段のジンは、十七時までしか予約を入れない。そのうえ、ロスフィールドが心配で一刻も早く戻りたい晩であったにも拘《かか》わらず遅くなったのは、断れない特別の人物が相手だったからだ。

「つまり、ミランダの死亡推定時刻に、わたしがここにいたと証明できる者は居ないということだな」

仕方なくジンは肯いたが、すかさず付け加えていた。

「わたしも、二十三時から翌二時まで一人きりでしたので、アリバイはありませんよ」

「ジン、君にはミランダを殺す理由がない」

取り合わないロスフィールドを、ジンが遮った。

「いいえ、機会さえあれば、わたしはスタンレーを殺します。楽屋で、あなたにキスをしたミランダも、殺してやりたいと思っていましたよ…」

「まさ…か…」

眸《ひとみ》を瞠《みひら》いたロスフィールドに、ジンは臆面《おくめん》もなく言ってのける。

「嫉妬《しっと》とは、そういうものです」

それからジンはロスフィールドに近づいてゆき、耳許《みみもと》で囁《ささや》いた。

「アリスティア、あなたは視たといいましたが、ミランダを殺している時のわたしに同化したのかも知れません。わたしの強い感情と、あなたは重なったのです」

ロスフィールドは、「違う」と反論したかったが、二人で愛し合う時の融合感を想い出し、困惑したように眸を瞑《つぶ》った。

ジンはロスフィールドの耳朶《みみたぶ》に口づけてから、続けた。

「ミランダの死亡推定時刻はかなり曖昧です。昨夜は冷えましたし、殺された彼女は、子宮から膣《ちつ》にかけてを抉《えぐ》り奪られた後、腹部を池の水で洗い流されていたのですから…」

通常よりも体温の下がり具合は、早いだろう。ということは、死亡した時間はもっと後かも知れないと、ジンは言いたいのだ。

「水で洗う？」

眸を開けたロスフィールドは、水で洗うというのに引っ掛かりを感じて、訊き返した。

時間的経過で言えば、逆になるが、楽屋でキスされた時に視た光景と、今し方、夢のような形で視た光景の中には、水で洗うという場面は出てこなかったのだ。

ジンがさらに説明を加えた。

「ええ、今までの被害者が、すべて運河や川から発見されているのと関連があるかも知れませんね。証拠を消すために洗う必要があるのかも知れません」

ミランダの死体は洗われていた。他の被害者たちも、洗われてから、運河に投げ捨てられたのかも知れない。運河の水が洗い流す役割を担ったのかも知れない。

ただ今回のみ、十六区の私立公園という立地条件が、例外を生んだ可能性もある。高級住宅地になればなるほど、運河から離れるというバージルシティの特色ゆえにだ。

しかし、野外ステージに置いた動機までは、説明できない。

ロスフィールドは、弱々しいが、頭を振って否定し続けた。

「犯人は、彼女が女優だと知っている人間だ。それにわたしは、昨晩、ミランダがスタンレーの所へ行くことも知っていたのだ」

なだめるように、ジンが腕を差し延べ、ロスフィールドの額に垂れかかった前髪を掻きあげた。

ジンの腕から滴る水の音。

水の音。

髪に触れられたロスフィールドは、咄嗟《とっさ》に、ジンの手を払い除《の》けていた。

彼女の、――ミランダの仕種《しぐさ》と同じに思われたからだ。

「アリスティア、あなたはミランダに対して嫉妬した。その自分の気持ちが嫌なのです。だから、さらに重い罪を背負おうとしているのです」

声はあくまでも穏やかに、ジンが続けた。

「犯人は、あなたでも、わたしでもありません。ミランダは、子宮から、膣にかけて奪われていました。前のキャリィ・ライアとほぼ同じです。一連の被害者の一人なのですよ」

「今の君は、わたしに嘘を言っているな、ジン」

お互いに、眼を逸《そ》らさなかった。

「嘘ではありませんよ、アリスティア。その線が有力なのです。この都市のどこかで、臓器売買のための殺人と違法な移植手術が行われているのです」

「だがミランダは違う。彼女はレイプされ、殺されたのだ。ミランダの死につながる直接の原因は、レイプだ……」

おぞましい話を伝えなければならないかのように、ロスフィールドは小刻みに慄《ふる》えを放った。

「腹部を裂いたのも、臓器が欲しかったのではない…別の理由だ……」

無表情に、ジン・ミサオは、愛するロスフィールドを凝視《みつ》めた。

「アリスティア、もし仮にあなたが犯人だったとしても、わたしが、もみ消して見せます」

ハッとなり、ロスフィールドは貌《かお》をあげた。

今の言葉は、その可能性が有り得ると——言ったも同然に聞こえたからだ。

「やはり…、わたしなのだな？」

ジンの方は、またも否定する。

「いいえ、仮にと、言ったのです。最悪の場合は、わたしにもアリバイがないことを利用します…」

自分が犯人になると言ったジン・ミサオは、ロスフィールドに向かって微笑んだ。

恐くて、美しい笑みだったが、そこには、ロスフィールドが罪を認め、すべての状況が彼を示したとしても、必ず阻止してみせるという決意と、脅しが含まれていた。

「君を愛しているよ、ジン。だから、そんなことはさせない…」

ロスフィールドがそう言った時、バスタブの水面が、奇妙に波立った。

二人の間の、ミルク色をした香湯の中に、なにかが潜んでいるのだ。

ジンは気がつかないのか、傾斜のあるバスタブの背に寄り掛かって——寛《くつろ》いでいるようにも見える。

波だった水面は、さらに勢いを増し、水飛沫《みずしぶき》が、驚いて立ちあがったロスフィールドの頰にまで、飛び掛かった。

「ジンッ」

叫んだと同時だった。

荒々しく水面が渦巻き、青い鱗《うろこ》を光らせた龍が、姿を顕《あら》わしたのだ。

東洋の青い龍。

鋭い五本の爪が、ロスフィールドに迫り、肩へ摑《つか》み掛かると、ズズズッと、鱗の並んだ胴体が香湯の中から引っ張りあげられたように、顕れてきた。

「ああッ…」

そのまま力ずくでバスタブの中へと引き摺《ず》り込まれ、溺《おぼ》れるのではないかと足搔《あが》いた瞬間、背後から龍が、ロスフィールドの身体の内へと挿《はい》ってきた。

「う…ああッ…」

貫かれ、内奥を広げられてゆく苦悶《くもん》に、ロスフィールドは仰《の》け反り、バスタブの縁にしがみついた指先が白くなるほど、力がこもった。

「く…ううッ…うく…くっ……」

鱗の爪で髪を摑まれたロスフィールドは、顔を仰向《あおむ》かされると、首筋から這《は》うように伸びてきた龍の舌で、口唇《くちびる》をひらかされた。

「ううッ…」

体内に灼熱《しゃくねつ》の昂《たかぶ》りを埋められ、口腔《こうこう》をまさぐられているうちに、ロスフィールドは妖《あや》しい身悶《みもだ》えを放った。

頭の奥で、甘美なうずきが起こったのだ。

ロスフィールドの歓喜と呼応するかのように、身体の内の龍が、鱗を立てて蠢《うごめ》いた。

「うう…ん――…」

龍に犯され、苦悶に喘《あえ》いでいた肉体に、痺《しび》れるような快感がひろがってゆく。

それは怺《こら》えがたいほどの昂ぶりとなって、ロスフィールドを追いあげた。

「あうッ…」

頭を振りながらも、ロスフィールドは、龍の蠢きに身体の動きを合わせた。

肉体の方が素直に反応してゆき、快美に濡《ぬ》れて、淫《みだ》らになった。

「う…ん――…」

浴室の中に、ロスフィールドが洩《も》らす声が響くようになると、入り込んだ龍がさらに奥へと進みはじめる。

「うッ、うむ、ううむッ……」

灼熱の鱗を押し込まれるロスフィールドは、

「苦しい…」と喘いだが、すぐに官能を探り当てられた肉体の方は蕩《とろ》けてしまい、龍を締めつけていた。

肉奥の深くに、龍の存在を感じる。

ロスフィールドの官能を掻《か》き鳴らすように、龍が動いた。

「あぁ…あああ……」

乱れた息に、抑えきれない喘ぎを絡ませながら、ロスフィールドが呼んだ。

「……ああ…あ…ジン…」

ロスフィールドの内に蠢く青い龍は、ジン・ミサオの、心の深淵《しんえん》に棲《す》む魂だ。

悦《よろこ》びに顫《ふる》える媚肉が、咥《くわ》えた男を締めつける。

二人は歓喜の度に、お互いの名を呼び、慄えた。

やがて、尽きることのない快感を貪《むさぼ》りながら、二人の肉体と精神はひとつに融合しあい、霊的な高みへと昇りはじめ、同時に達した——。

バスタブから出て、ジンに始末してもらいながら、ロスフィールドは新たな身悶えを放った。

「痛かったですか？」

そう訊《き》かれると、小さく首を振って、否定する。

「…ジン…、もっと…もっと…だ。君…を感じていた…い……」

ロスフィールドの声は、満たされたせいか、やわらかく、音楽的でさえあった。

「いいのですか？　そんなことを言って…」

答えるかわりに、ロスフィールドは下肢をジンへと押しつけ、まるで急《せ》かすように、彼の背中へと回した腕に力を入れた。

「どうなっても、わたしは知りませんよ。アリスティア…」

抱き締め返しながら、ジンが、黒い水晶の瞳《ひとみ》を燦《きら》めかせた。

「あなたが求めたのですから…ね…」

凝視め合った二人を現実に戻したのは、スタンレーから架かってきた電話の呼び出し音だった。


『ジン！　なんで直ぐに出ないんだよ』

電話の向こうでスタンレーが怒鳴った。

ロスフィールドと愛し合っていたところを邪魔されたジンだが、今夜だけは、スタンレーを赦《ゆる》そうと思いながら、訊いた。

「どうしました？」

『ど、どうしましたじゃねえよ、ロスフィールドは大丈夫なのか？　倒れたって聞いたけど…』

スタンレーは、ロスフィールドがオフィスで倒れたと聞いていたが、いままで席を外すことが出来ず、連絡のつけようがなかったのだ。

「アリスティアは大丈夫です」

ジンがそう答えると、スタンレーが勢い込んで言った。

『頼みがある。ロスフィールドと代わってくれ』

仕方なくジンは、バスルームから出てきたロスフィールドに電話を渡し、自分はシャワーを浴びに戻った。

「スタンレーか？」

ロスフィールドに名を呼ばれた途端に、スタンレーは彼の身体を気遣うことも忘れて、性急な要求を突きつけた。

『あと十分くらいでそっちへ着く、これから俺と一緒に検死局へ行って、ミランダに触れて欲しいんだ。あんたが触れたら、なにか判るかも知れない……』

絶句するロスフィールドに、藁《わら》にも縋《すが》りたい気持ちでスタンレーは懇願する。

『頼むよ。倒れたばかりなのに悪いと思ってるけど、解剖がはじまる前の今しかないんだ。グリンジャーがなんとか時間をつくってくれた…』

前にも、スタンレーは同じように頼みこんで、グリンジャーに温情をかけてもらった。

そしてスタンレーは、傷ついた獣が唸《うな》るような声で、もどかしさを吐き出した。

『俺は、捜査を外されるかも知れないからな…』

「どういうことだ?」

驚いて訊き返したロスフィールドに、スタンレーが呻《うめ》くように言った。

『ミランダが死ぬ前、最後まで一緒にいたのは俺なんだ。——俺も、重要参考人の一人なんだよ』

14

週末には、検死局の死体安置所は解剖を待つ死体で溢《あふ》れるが、ミランダは最優先で解剖室に運ばれていた。

だが、二十一時という時刻ゆえにか、四台並んだ解剖台《テーブル》では、解剖が行われている別の死体はなく、グリンジャーと、彼の二人の弟子以外の病理学者の姿もなかった。

グリンジャーは、検死局でのキャリアが三十年に及ぶ引退間際の検死官で、現在は、自分の後継者育成の最中だが、運河から発見される臓器欠損屍体を専門に任されていた。

小柄で、栗色の縮れた髪と同じ色の眸《ひとみ》を持つグリンジャーは、どことなくダックスフントに似ている、温厚で、人懐こい男だ。

この世の中の人間を、犬型か猫型かで分けたとしたならば、グリンジャーは犬型で、スタンレー・ホークは犬型とは相性がいいのだ。

そのグリンジャーに話をつけて、五分間だけ、誰も近寄らせない時間を都合してもらった。

テーブルに乗せられたミランダ・ラコシは、顔が少し浮腫《むく》んで見えたが、身体は蠟《ろう》人形のようで、重さは生きていた時の倍はありそうな感じだった。

それでも、犯人がミランダを池の水で洗っていたので、彼女はきれいだった。

ただ、腹部の惨《むご》たらしさは直視に耐えられないものがあり、それぞれ彼女と知り合っていた三人の男たちは、改めて衝撃を受けた。

スタンレーは、ロスフィールドが解剖室でミランダを前にするまで、なにも情報を与えなかった。

すでにジンから聴かされていても、今は、ただ純粋に、ロスフィールドが感応し、透視する事柄だけを知りたかったのだ。

解剖室の照明で、ロスフィールドの顔色はいっそう青白く見えたが、彼は思い詰めた表情で、ミランダの額に手――左手を置き、眼を閉じた。

続いて、ロスフィールドが息を止めたのが、スタンレーにも判った。

劇的ななにかが起こるのをじっと待っているかのようであり、知らない者には、祈っているかのようにも見えるだろう。

誰もが沈黙して、たっぷりと三分は経った。

急《せ》くあまり、スタンレーが声を立てる前に、ロスフィールドの方が、閉じていた眸を瞠《みひら》いた。

青い瞳の回りにある金色の輪が、広がっている。

完璧《かんぺき》すぎて、冷たいほど整ったアリスター・ロスフィールドの美しい貌《かお》が、スタンレーへと向けられた。

「ロスフィールド？」

「すまない、スタンレー。なにも感じない。……彼女は、肉体を去ってしまったのだ。永遠に――……」

すでに、ミランダの遺体は、ロスフィールドにとってパイの皮のようだった。なにも宿っていない。あの、生命力に満ち溢れていた女の、輝かしい一片たりとも残留していないのだ。

ロスフィールドは、触れるものすべてから、なにもかもを感知できる訳ではない。今ほど、自分の、特殊であるが万能ではない能力をもどかしく思ったことはなかった。

ガタガタッと、器具が乗ったステンレスのワゴンが、揺らいだ。

見れば、スタンレーが、大きな白いタイル張りの床にしゃがみ込んでいた。

頭を抱えている。

スタンレーが泣いているのが、判った。

声を殺しても、洩《も》れ出てしまう嗚咽《おえつ》をどうすることも出来ずに、肩を慄《ふる》わせているのだ。

約束の時間を守ったグリンジャーが、二人の検死官補を連れて入ってきた。

初老の検死官は、解剖室でなにが行われていたのか、興味はあるが訊《き》かずに、スタンレーの肩に両手を掛けた。

「スタンレー。家に帰って少し眠るんだな、後で子守歌を歌ってやるから…」

言われたスタンレーは、パッと身体を躱《かわ》して立ちあがると、全員から背を向け、顔を拭《ぬぐ》った。

「悪いな、グリンジャー…」

スタンレーが、泣いた顔を取り繕うのを待って、ロスフィールドとジンは解剖室を出た。

解剖室のフレンチドアを開けて、検死局の外へ出た途端に、偶然、こちらへ来るバート・トウィリーと、鉢合わせした。

「スタン！ やばいぜ、ここにいちゃ…」

咄嗟《とっさ》にバートは辺りを見回し、さらには、スタンレーの後から出てきたジンとロスフィールドに眼を剝《む》いた。

「ああ、判ってる。直ぐに出て行くよ」

泣いた目許《めもと》を隠して顔を俯《うつむ》けるスタンレーに、バートが声を落として囁《ささや》いた。

「また、あれか？」

殺人課係長のウィルスキー警部補の要請もあり、『見ざる・言わざる・聞かざる』を守っているが、バートも、ロスフィールドの特殊能力を実際に見て、知っている一人なのだ。

「いや、だめだった」

否定し、バートから離れたスタンレーは、足速に車へと戻り、ジンとロスフィールドが乗ると直ぐに、検死局の建物を離れた。

二十二区にある検死局からは、高速を使って、六区のツインタワーへ戻る道を選んだ。

ところが、スタンレーの、廃車寸前のムスタングは高速に入ると、エンジンが不安な音を立てはじめた。

何台かの車に追い越されてゆく。中には、速度の落ちたムスタングを邪魔だとばかりに、後ろからライトでパッシングしてくる車もある。

辛抱強く、スタンレーは運転していたが、ついに堪りかねて車を路肩に寄せ、駐車灯を点滅させた。

一人であれば無茶もするが、今は、ロスフィールドとジンが乗っているのだ。

スタンレーが停車した御陰で、渋滞しかけていた流れがスムースになった。

「なあ、ジン、移植用の臓器を屋外で取り出して、それが使えると思うか？」

ハンドルに抱きつくように凭《もた》れかかったスタンレーが、斜め後ろ座席のジンに訊いた。

「俺は専門的には判らないが、無菌室とか手術室とか、なんか特別の場所でないと駄目なんじゃないかと思うんだが……」

人工池を囲むベンチ型の縁石で、ミランダは殺され、腹部を裂かれて子宮と卵巣、膣《ちつ》にかけてを奪われた。それから彼女は、池の水で血を洗われて、野外ステージに置かれたのだ。

「まったく不可能ではありません。殺した場所で直ぐに解体し、多分、持参の容器に移し換えたのだと思います。生理食塩水を満たしたコンテナ型で、外側に氷を詰められる専門的な容器とかですね……」

相変わらず、ジンは穏やかに言ったが、スタンレーの声は慄えていた。

「ミランダの子宮や卵子を使って、誰かが子供を生むのか？」

ジンはスタンレーの質問には答えず、逆に質問を返した。

「ところでスタンレー、あなたがミランダに最後に会ったというのは本当ですか？」

スタンレーが停めた車の脇を、クラクションを鳴らした白のメルセデスが、スピードを出して通り過ぎていった。

ハンドルに凭れて顎《あご》を指に乗せたまま、スタンレーは遠くを見るような目付きで呟《つぶや》いた。

「ああ、本当だ…。木曜日の夜七時頃だな、酔っ払ってご機嫌のミランダが、俺のアパートに来たんだ」

オフだと言っていた日だった。楽屋で彼女自身、スタンレーの所へいくと大声で話していたのだ。少なくともその場には、スタンレーもロスフィールドも、それからミランダのエージェントであるマーク・ハイツもいた。

さらには、楽屋のドアは開いていたのだから、廊下にも声は聞こえただろう。知っている人間は多いのだ。

「俺は、ミランダが無事だったんで、ロスフィールドの警告はもう信じられなくなってた。変だよな、俺はたった一晩だけ、彼女が危険だと思い込んでたみたいなんだ……。ずっと、注意してなきゃならないとは、考えなかったんだよ…」

指で目頭を押さえたまま、スタンレーが続けた。

「彼女は、ショーの主役を獲得《と》ったと言って上機嫌だった。前の晩に、ホテルの支配人と寝た結果でもあるだろうがな、彼女はなんの疚《やま》しさも感じてないし、俺も、あいつが、どんな男と寝ようと構わなかったんだ。俺と一緒の時は、俺だけのミランダだからな……」

次にスタンレーは、彼女のことを想い、また自分が泣き出すのではないかという恐れと戦いながら、口にしていた。

「ミランダと俺は、そんな関係なんだ。特別な関係さ、男と女だけど、同志みたいなものさ、…ミランダだって、俺がロスフィールドを好きでもいいと言ってくれたんだ。それでも赦《ゆる》すって…さ」

「けれども、彼女はアリスティアのカメオを返して寄越したのですね？」

通り過ぎて行く車を見ながら、スタンレーは頷《うなず》いた。

「昨日のミランダは凄《すご》く酔ってて、怒ってたり、ご機嫌だったり、とにかく、感情をセーブできないほど酔ってたんだ。そのうち、いきなり想い出したのか、『あんたの愛人の横顔じゃない』って言い出したんだ……」

黙って聞いていたロスフィールドが、微《かす》かに喘《あえ》いだので、ジンは、その手を握った。

「大丈夫だ……」

ジンにそう答えながらも、ロスフィールドは、眼を瞑《つぶ》った。

スタンレーの記憶が、心に流れ込んで来たのだ。

「あんたの愛人の横顔じゃない」

ベッドで余韻に浸っていたミランダが、いきなり、バッグの中からカメオを取りだし、ポーンと放り投げた。

「そんなの持ってたら、あたしはいつでも見張られてる気になるじゃない、いやよ」

「あいつは、悪気じゃないぜ…」

慌てて摑《つか》みとったスタンレーは、カメオのロスフィールドにキスしてから、ミランダに弁解した。

ミランダの眉《まゆ》が、吊《つ》りあがった。

「ふん、でも普通は考えつかないわよ。早く返しといてよね」

「今日は休んでた。具合が悪くなったとかで…」

すると今度は、揶揄《からか》うように、ミランダが口唇《くちびる》を突き出してみせた。

「まさかぁ、あたしのキスのせいなんて言わないわよね？」

にやりッとスタンレーが笑った。

「そうかもな…」

ごろりとベッドに横になったスタンレーの上に、ミランダが迫ってきた。

「ねえ、スタンレー、あんたが、あたし達と付き合ってくなら、そのうちに、三人でってのはどう？　あの人に女の良さを教えたげるのよ。これからの人生が楽しくなるわよ」

驚いて眼を剝いたスタンレーを、ミランダは瞳《ひとみ》の奥を光らせながら、笑って見ている。

「そんなことしてみろ、俺たちは運河に浮かぶぜ、あの日本人の怒りに触れて…」

「なんなの？　彼、ヤクザ？　嘘でしょう…」

ヤクザで想い出したのか、ミランダはくすくす笑いだした。

「ねえ、聞いたわよ。あたしの命が危ないとか言って、真夜中にホテルで騒いだんですってね？　マークが怒ってたわよ」

「マークか、あいつは気に入らないな」

スタンレーが鼻の頭に皺《しわ》を寄せてみせると、ミランダの声音に宥《なだ》める調子が加わった。

「ヤナ奴でも、あれで遣り手なのよ。来月のショーだって、彼の根回しがものを言ったわ。

でも恩着せがましいのよねぇ、それで今日はケンカになって、むしゃくしゃしたからお酒飲んじゃったのよ。あんたにも嫌がらせするかも知れないけど、気にしないでね」

「本当か？　怖いなぁ」

怖がってなどいないくせにと、スタンレーを小突いたミランダだが、マークのことは、気にかかる様子だった。

「でも、さっきこのアパートまで送ってくれたのよ。まあ、あたしが自分で運転して行くって言ったからだけどね」

マークだけでなく、スタンレーの方も、震えあがった。

「飲酒運転は止めてくれよな、交通課に融通の利かないのが入ったんだ。けど、マークもいいところあるじゃないか、俺たちの関係、諦《あきら》めたのかな？」

「まさか、車を運転したかったのよ。メルセデスを買ったばかりなの、象牙色《アイボリー》で…」

「白か――、でも銀が今年の流行らしいな」

アイボリーを白、ブリリアントシルバーを、銀と簡単にスタンレーは口にする。それで言えば、ロスフィールドのメルセデスはエメラルドブラックなのだが、スタンレーには黒の扱いだ。

「よく知ってるわね、買うの？」

「まさか、やたら見掛けるってだけさ」

「でも、そろそろ代え時じゃないの？　あんたのムスタング」

それはスタンレー自身が一番良く判っている。

「金があればな」

「彼に買ってもらえば？　ゴージャスなアリスティアちゃんに──…」

「よせよ、俺たちはそういう付き合い方はしてないんだ」

鈴を転がしたような声で、ミランダが笑った。

「あんたの良い部分は、金持ちに集《たか》るって気持ちのないところで、悪いところは、だから貧乏ってとこね」

「うるせぇっ」

貧乏は余計だと、スタンレーが悪態を吐いた。

「さぁ…て、もう帰らなきゃ、明日の午前中に本契約なのよ。少し寝て、とっておきの貌《かお》にしとかないとね」

ミランダは、自分の頬を十本の指先で軽く叩《たた》いて、肌の状態とむくみを確かめた。

「じゃあ、今度は俺が、ホテルまで送ってくよ」

「ありがとう。いい、カメオを返すの忘れないでよね、あたしが、いつまでも気づかずに持ってたと思われたら、女の沽券《こけん》に関わるわ」

大袈裟《おおげさ》なミランダに眼を剥《む》いてみせたスタンレーだが、彼女の要望には応《こた》えることにした。

「お前を送った後で署に寄って、ロスフィールドのオフィスに置いてくるよ、明日、出てくるか判らないがな、今、あいつは自宅にいないし、かといって、簡単に逢《あ》いに行ける場所にはいないからさ」

「なに？　病院なの？」

スタンレーはティッシュペーパーにカメオをくるみながら、ミランダに答えた。

「あの日本人のところ、六区のツインタワーだ。言っとくけどな、あいつをショーに呼ぼうなんて思うなよ」

「わぁお…」

ミランダは面白がっている様子を隠さなかった。

それから二人は十分ほどで支度を整え、アパートを出て運河ぞいの裏道を通ってから、幹線へと出た。

寒さが堪えられずヒーターを入れたせいで、スタンレーの車はエンストを起こしそうだ。もたもた走っていると、後ろから来た白い車に、ライトでパッシングされた。

「判ったよ、先に行けよ…」

文句を言いながら、スタンレーは車体を脇に寄せたが、後ろの車は追い越すわけではない。

またもパッシング。

眩《まぶ》しそうに振り返ったミランダが、曇った後部座席の窓からライトを上向けた車を見た。

「マークだわ。あいつ、執拗《しつこ》いったらもう、アパートの近くで待ってたのね」

言われてスタンレーもバックミラーを見ると、確かに、白のメルセデスだ。

運転者の顔までは見えないが、ミランダがマークだと言うので間違いないだろうと思い、訊いてみる。

「向こうの車に乗って帰るのか？」

「よしてよ、また喧嘩《けんか》になるわ。それより先にカメオ返しにいきましょう。真っ直ぐホテルに戻りたくなくなったわ」

本気で苛《いら》ついている様子のミランダから、昼間マークと揉《も》めた度合いが計れそうだった。

「だったら、途中から高速に入るぜ」

六十区から警察署のある十区までの道で、スタンレーの知らない道はないのだ。

「その前にマークを撒《ま》いてよ、目障りだから」

承知したスタンレーは脇道に入ると、追って来られないように速度をあげた。その際に、ヒーターを切ることも忘れなかった。

廃車寸前の車なので、ヒーターをつけていては、速度があがらないのだ。

高速に入る頃には、後ろからついて来る白のメルセデスは見当たらなくなった。

スタンレーは、そのまま速度を落とさずに走り続け、警察署の裏手にある駐車場へ乗り入れたのだ。

「待っててくれ、これを置いて来る」

急いで車を離れ、裏口から入った。いつもそこにいるはずの守衛ボグス・オゥエンの姿はなかったが、スタンレーは、急ぎ三階へと駆けあがった。

途中で、ミランダのために車のヒーターを入れてくれば良かったと気がついたが、直ぐに戻るつもりで、捜査課大部屋のドアを蹴飛《けと》ばし、中へ入ったのだ。

二十三時三十分。

非常灯の明りを頼りに、ロスフィールドのオフィスへ行くと、鍵《かぎ》の掛かっているドアを前に、刑事の七つ道具の一つ、もちろん違法の、L字型万能鍵を取り出した。

これを使いこなせる者と、まったく駄目な者がいる。スタンレーは、どちらとも言えなかったし、近頃の電子ロックには歯が立たない代物だが、内部管理課オフィスの鍵には、使えるのだ。

以前、署長室のシャワーを使う時にも、成功した。

ところが、思いの外、手間取った。

これならば、いっそツインタワーへ行き、フロントのマネージャーに渡して届けてもらった方がよさそうだった。

それに気がついた時に、カチッと、鍵が外れた。

カメオをロスフィールドのデスクに置いたスタンレーは、鍵をかけ直し、車へと戻った。

時間にして、二十分くらいだったが、ミランダの姿はなかった。

二十分は、待たされる身としては、永い時間でもある。

探そうとして取り敢《あ》えずヒーターを入れた時だった。

助手席側の曇った窓の内側に、『マークと帰るわ、バイバイ〜、ミランダ』と、書き残された指文字を見た。

なかなか戻って来ないスタンレーに業を煮やし、彼女は、追いついたマーク・ハイツの車に乗ったのだ。


「マーク…」

スタンレーの話を聞き終わり、ロスフィールドはその男の名を、舌先で味わうように口にしてみた。

マーク・ハイツは三十二歳になる、ミランダのエージェント兼マネージャーだ。

子役から端役専門の役者になったが、幼い頃から業界を知り尽くした彼は、人脈もあり、エージェントとしてもかなりの遣り手だった。

「マーク・ハイツの事情聴取はどうなりました？」

ロスフィールドの代わりに、ジンが訊《き》いた。

「明日だ。……ついでに俺も……」

マークの証言で、スタンレーがミランダと最後に逢っていたと知れ渡ったのだ。

「スタンレー、明日、事情聴取ならば、帰って休むといいですよ」

親切そうにジンは言ったが、その言葉の裏には、危うい精神状態に陥っているであろうロスフィールドを、これ以上スタンレーに近づけていたくない本心が、存在していた。

「ああ、そうする」

いつになく、素直にスタンレー・ホークは頷《うなず》いた。

そうとう参っているのだ。

15

ジョナサン・スミスの捜査支援課オフィスは、五階にあり、居心地のよい場所ではなかった。

スミス本人も、五階という地上からの距離を嫌っていたが、今のところ、同じ階にある資料室への頻繁な行き来を考えると、我慢せざるを得なかった。

もう何年も、バージルシティでは、六階建ての警察庁舎——この大都市の警察機構中枢——に、エレベーターがない欠陥を無視していた。

「さてスタンレー、水曜日の話をしてくれ…」

捜査支援課の一角を仕切ったガラス張りオフィスで、スミスとスタンレーは向き合い、奥のステンレス製デスクに腰掛けたスミスの部下は、筆記用具をいじっていた。

「水曜日の夜、ホテルでミランダ・ラコシに会わせろと、騒動を起こしたな？」

決して時間を無駄にしないジョナサン・スミスは、単刀直入に切り出した。

ロスフィールドが、『間もなく、死の翼が彼女を連れ去る…』と、予知したのだ。咄嗟《とっさ》にスタンレーは、彼女の身を保護しようとホテルへ戻ったが、ミランダも、マークも居なかった。

行き先を知ろうとして、ホテル側の何人かと揉めたことは確かだった。

だが、ロスフィールドの予知については話せない。

「ミランダに、何か不吉なことが起こるんじゃないかって思ったんだ」

巨体を椅子の背凭《せもた》れにあずけ、そっくり返ったジョナサン・スミスは、小さいが、鋭い双眸《そうぼう》でスタンレーを凝視《みつ》めた。

「で、自分で不吉なことを起こしたのか？　スタンレー」

ムッとなり、スタンレーはスミスを睨《にら》み返した。

「よせよ、俺はやってない」

それには答えずに、スミスは言葉を継いだ。

「ホテル側では、お前さんをストーカーの一人かと思って、警察に通報しかけた」

「ストーカー？　俺がか？　ミランダの？」

「ああ、女優にならそういった異常者のファンもいないことはないからな」

異常者扱いされたスタンレーは、不本意だとばかりに唸《うな》った。

「通報されたのか？　俺は……」

「いや、マーク・ハイツが、お前との関係を説明した」

単にマークは、警察沙汰《ざた》にしたくなかったのだ。事情を訊かれたならば、その時間、ミランダがどこにいて、誰とナニをしていたのかまで追及されてしまうからだ。

「居留守を使ってた奴が、すっとんできた理由が判ったよ…」

そう言ったスタンレーを無視して、ジョナサン・スミスが、鎌をかけるように訊いた。

「で、スタンレー。誰を庇《かば》ってる?」

「え?」

聞き咎《とが》めたスタンレーは顔をあげ、緑色の眼で、ジョナサン・スミスを睨んだ。

「誰も庇ってなんかないぜ」

するとジョナサン・スミスは、

「ミランダ・ラコシのディナーショーへ行ったな? 金髪の、すこぶるつきの美男子と…」と、言ったのだ。

「すこぶるつきの美男子」などと、わざと古臭い言い方をしてから、追い討ちをかけるように、スミスは続けた。

「マークや、他のダンサーからも裏はとってある。お前とどういう関係だ?」

スミスは欺《あざむ》けない。スタンレーは、あっさりと認めた。

「アリスター・ロスフィールド警視だよ。あいつと、行ったんだ」

自分とは別に、ロスフィールドも事情を訊かれるだろう。昨夜、打ち合わせておくべきだったと感じたが、もはや遅かった。

「なぜ、警視なんだ？」

スミスはそう口に出してから、

「それも、トップレスショーだぞ」と、言った。

スタンレーは、「いや、あれはストリップティーズだった」と訂正するべきかを迷ったが、止めておいた。

誰も、あのロスフィールドが、ホテルのトップレスショーを、スタンレー・ホークと二人で観に行くとは思えないのだろう。ならば、意外性のない答えを返せばよかった。

「他に、ミランダのチケットを買ってくれそうな金持ちを知らなかったんだ」

総《すべ》てではないが、嘘でもない答えを、スタンレーは告げた。

「俺のところに入ってる情報では、スタンレー、お前と精神科医のジン・ミサオは仲がいいそうだが、なぜ、あの金持ちの日本人に買ってもらうことは考えなかったんだ？」

ミーティングに参加していたスミスは、スタンレーとジンの掛け合いを見ていた一人でもある。スタンレーはスミスがどう思っているのか深く考えずに、答えた。

「あいつと、俺の噂を知ってるか？」

「特別な関係だとか？」

眉《まゆ》一つ動かさずに、ジョナサン・スミスが口にした。

「だから、奴とは出かけたりはしないぜ」

スタンレーは、眼の前で十字架を切って、悪魔を退けたい心境だった。

「それだけ、意識してるってことか？」

「なんで、そうなるんだよ！　あいつのことは、あんたよりも嫌いなんだぜ！」

スミスに突っ込まれたスタンレーは、考えていた『ロスフィールドとの関係を隠すためにジンをダミーにする』計画を自分から台無しにしてしまった。

もっとも、端《はな》から無理があったので、それで良かったのかも知れないが――。

「実際はどういう関係なんだ？」

ジンよりもスタンレーに好かれていると知っても、表情も態度も変わらず、軽口もなく、スミスが訊いてきた。

「俺のカウンセリングをしたってだけだぜ」

「それならば、市警察の者ほとんどが、彼のカウンセリングを受けるか予約を申し出てるが、色恋の噂になってるのはお前だけなのはどうしてだ」

「いいか、ジョナサン・スミス。本気で言ってるのか？」

また、スタンレーは牙《きば》をむいて唸った。

「なんとも言えんな、その手の問題は俺の理解を越えてる。だがとりあえず、警視の方を選んだ理由を聴いておこうか」

先ほどの理由だけでは満足しなかったらしいスミスの要求に、スタンレーは答えなければならなかった。

「ロスフィールドなら、買ってくれそうだし、絶対に、買っても観に来ないと思ってたんだ…、それが予想に反して行くと言うから、仕方なく一緒に出かけた…」

なにか足りない気がして、スタンレーは付け加えた。

「半分は、ロスフィールドへの嫌がらせだったんだ。ストリップみたいなものだからな」

「嫌がらせでも、一緒に出かけた、着飾って、警視の車を運転して？」

そこまで知っているのかと、スタンレーはジョナサン・スミスを見た。

「だったら知らないのか？　ロスフィールドは、運転が下手なんだ…」

「俺だったら、たとえ運転が下手でも、自分の十五万ドルもする車をスタンレー・ホークに運転させたりはしないな。で、ショーの後はどうした？」

スタンレーが自分のおかした失言に気づいたと同時に、スミスが次の話題を振った。相手が動揺したすきを突いて、必要以上に喋《しゃべ》らせようというのだ。

「ロスフィールドを家まで送ってから、ミランダのことが心配でホテルに戻ったんだ…」

今度は注意深く、スタンレーは口を開いた。

「ところがもう、ミランダもマークも居なかったので騒ぎを起こしたんだな？」

スミスが確認するように訊《き》く。スタンレーは肯《うなず》いたが、反論もした。

「ずっとロビーで待ってたんだぜ、直ぐに騒いだわけじゃない。でも、そのうちにマークが来て、ミランダの無事が判ったんで、俺はアパートへ帰って寝た。二時ごろだったな」

「ミランダはどこにいたんだ？」

「ホテルの支配人のところさ、そこでよろしくやってた」

隠し通せるものではないので、スタンレーは話した。

「木曜日は朝から忙しかったけど、時々、電話を架けてみた。結局一度も摑《つか》まらなかったがな、そしたら、夜になって……七時ごろだな、ミランダがやって来た」

なるべく手短に、——昨夜、ロスフィールドとジンに話したよりも簡単に、スタンレーは説明した。

「買ってあったヌードルを食った後、セックスした。いつものパターンだ」

スタンレーは、「どうせ調べれば判る」そう言いかけたが、自分の体液が残っているのはどこだ？　と考え、言葉に詰まった。

ミランダは、女性的な臓器のすべてを奪われたのだ。

その理由——それが示す意味を、改めて考えてみるべきではないか？

「それで、どうした？　スタンレー……」

無表情にジョナサン・スミスが先を促し、スタンレーは答えた。

「十一時近くかな、ミランダは帰ると言い出したんだ。次の日の朝早くに本契約だからってな、それならホテルまで送って行くことにして、アパートを出たんだ。そしたら、マークが後ろから跟《つ》けて来て、ライトで嫌がらせするんだ…」

スミスは手許《てもと》の書類に時間を書き込んで、訊き返した。

「マーク・ハイツがか？ 直ぐに彼と判ったのか？」

「ミランダがマークの車だって言ったんだよ。白のメルセデスだったと思う。窓が曇ってて、俺には色しか見えなかったけどな、…俺のアパートまでミランダを送って来たのもマークだって言ってたから、ずっと待ち伏せしてたんだろうって…」

曖昧《あいまい》なスタンレーを、スミスがさらに追及した。

「なんで待ち伏せしたりしたと思う？」

「俺たちがまたどこかへ行くんじゃないかと警戒してたのかもな、でも、ミランダは撒《ま》いてくれって言うから、俺は抜け道から高速の方に入ったんだ。そして、ホテルに戻る前に、用事があって署に寄った」

「どんな用事だ？」

適当なことを言ってもスミスは知っているだろうし、調べあげるだろう。スタンレーは隠さずに告げた。

「ロスフィールドが、ミランダに贈ったカメオを返しに、オフィスへ行ったんだ」

やはり、もう裏を取ってあったのだろう、スミスが納得した面持ちで頷《うなず》いた。

ロスフィールドは休んでいたが、多分、あのフランク・サイトならば、デスクに見慣れない品があれば確かめないはずはなく、スミスに問われれば答えただろう。

「署に着いた時間は？」

「十一時半頃かな、俺のアパートから高速を使うと、十五分くらいで着くんだ」

六十区から十区の警察署まで十五分。スタンレーがどんな走り方をしたのか、スミスは交通課にまかせることにして、次の質問に移った。

「守衛のボグスは居なかったのか？」

「居なかったよ」

スタンレーの答えを聞いて、スミスはまたも頷いた。

彼の首回りにある余分な肉が、その度に押し潰《つぶ》されて広がった。

「確かにな、ボグスは電話が架かってきて席を外してたんだ」

裏口の門番ボグスには、別居中の妻子がおり、ちょうど息子が、——ママの眼を盗んで、大好きなパパに電話を架けて来ていたことを、スミスはもう調べて知っていたのだ。

なんとなくスタンレーも察しを付けて、先へ進めた。

「殺人課にも誰もいなかったな、階下には交通課の連中がいたが、誰にも会わなかった」

「ドアの鍵《かぎ》はどうやって開けたんだ？」

然《しか》して可笑《おか》しいわけでもないのに、スタンレーは笑いながら答えた。

「三枚目のドアは、蹴飛《けと》ばし方で、自在に開くんだぜ」

「そうではなく、警視のオフィスには鍵が掛かっていただろう?」

スミスにも、どうやれば捜査課のドアが簡単に開くのかは判っている。問題は、内部管理課室の方だった。

「ちょろいもんだ」と、スタンレーは、L字型の万能鍵をポケットから出して見せた。

このことで咎《とが》められるのは、仕方がないと思いながら、スタンレーは続けた。

「カメオを置いて車に戻ったら、ミランダはもう居なかったが、助手席の窓に『マークと帰るわ、バイバイ〜』って書いてあったんだ。それでてっきり、追い付いたマークの車で帰ったと思ってたんだ……」

そこまで言うと、スタンレーは、自分の楽天的な部分を呪うかのように、椅子の上で身《み》悶《もだ》えた。

ジョナサン・スミスは、背後にいる部下に合図して出て行かせると、またスタンレーに向き直った。

「署を出たところから続けて」

「後は、アパートに戻っただけだ。前の晩に寝不足だったせいもあって、朝八時までぐっすり眠って、署に出てきたら、公園で死体発見だ。そこでミランダと判った……」

「直ぐに、ジン・ミサオを招《よ》んだのはなぜだ?」

どう言い訳するべきか、どう嘘をつくべきか――。

本当は、ロスフィールドを招びたかったのだ。そして、ミランダに触ってもらいたかったのだ。だが、ロスフィールドとは連絡が付かず、ジンに助けを求めてしまった。

「ジンとは臓器摘出の説明会で話し合った。あんたも居たじゃないか…だから、やつに察してもらって、意見を聞こうと思ったんだ、…その、今までと違うのが判ったからだ…」

「違うとは？」

聞き咎めてスミスが突いてきた。

「無くなってたのは子宮と卵巣で、キャリィ・ライアと同じだ。どこが違うんだ？」

スミスに訊き返されて、スタンレーはジンを呼んだ嘘の理由をもっともらしく取り繕わなければならなくなった。

「移植に必要で摘出したとか、狩り奪《と》ったってのと違う気がしたんだ。なんだか掻《か》き出したみたいだった…」

女性器すべてが欲しかったかのように思える。スタンレーは不用意な一言を洩《も》らさないよう気をつけながら、続けた。

「スミス…、ミランダの放置場所は公園で、今までと違うし、池の側で腹を裂いて取り出すなんて、臓器が必要な奴等のやり方にしては乱暴過ぎると思わないか？」

腑《ふ》に落ちないスタンレーは、顎《あご》に手をかけたまま、自然と身体が傾いていった。

惨《むご》い殺され方で愛人を失った男であり、さらには疑われていながら、スタンレーは刑事であることも忘れていないのだ。

「なんだスタンレー、お前の言い方だと、ミランダの摘出は偽装だといってるようなもんだぜ」

スミスが鋭い眼で、スタンレーを見た。

「第一、臓器を摘出された死体の事件は公になっていないんだ。偽装なんかすれば、容疑者がいっそう絞られてくるじゃないか」

追加するように、ジョナサン・スミスが言った。

「もう一点、ミランダは野外ステージに置かれていたんだぞ、スタンレー」

肯いて、スタンレーが付け加えた。

「ミランダが女優だったことを知ってる奴の可能性がある……」

スタンレーは自分で自分の首を絞めている。

すべてが、スタンレー・ホークだと示しているようなものだ。

そのうえ今、ミスリードを誘おうとして、態《わざ》と余計な情報《こと》を喋《しゃべ》ったように思われても、仕方がない。

「くそッ」

スタンレーがゴミ箱を蹴飛ばした。

「俺のオフィスだ、ものを壊さんでくれ」

ゴミ箱を救出したスミスは、へこみがないかを確認してから、自分の後に避難させた。

「いやな気分だな」

ぼやくスタンレーに、スミスが向き直った。

「俺もだ。お前を取り調べるとは、思わなかった」

巨体のスミスを睨んで、スタンレーは吐き捨てた。

「言っとくがな、俺は殺《や》ってないぜ」

「そんなことは判ってるさ。お前が、いかにも自分が一番疑われる方法を採るはずはないからな。だが、もしかしたら、自分に注意を引き付けて、誰かを庇《かば》ってる可能性もあったしな…」

スミスは、あっさりと言った。

実際、誰もスタンレーが殺ったとは思っていない。本当に彼ならば、もっと手際よくやると判るからだ。

バージルシティでは、殺した死体を運河に投げ捨てるだけで、しばらくは犯行を隠せるという好条件があるのに、なにもわざわざ、公園の野外劇場に遺棄しなくともいいのだ。

しかし、ミランダ・ラコシが、死の数時間前にスタンレーと逢《あ》っていたのは事実であり、彼の身の潔白を証明する手続きが必要だったのだ。

「でもな、上を納得させなきゃならないんだ。はっきりお前を無関係だと証明できるだけのものを揃えて、提出しておきたいんだ」

次にそう言ったスミスを、スタンレーは訝《いぶか》しげに見た。

「なに焦ってんだよ」

「いいか、これは入ったばかりの情報で、本来ならば、お前にはまだ教えられないんだ」

「勿体《もったい》ぶってるな」

自然と、スミスの声が潜められた。

「キャリィ・ライアの心臓を、移植手術に使った医者が見つかったんだ」

「本当か?」

スタンレーの眼の色が変わった。

「今はまだ、名前は言えないし、どこに住んでいるのかも言えないが、患者の方は、かなりの大物だった」

「だった?」

「死んだんだ、手術が失敗してな。それで、移植を請け負った医師が、自分の身の危険を感じて保護を求めて来た」

手繰る糸が、見付かったのだ。

「考えてもみるんだな、不当な手段で臓器を手に入れて移植手術を受けたら、失敗して死んでしまった。手術しなければ、病気は完治しなくともまだ生きていられたかも知れないんだ。たとえ十分や、十五分の違いでも、死んだ本人や家族は、不当な死を、医者の手によってもたらされたと逆恨みするだろうな」

ジョナサン・スミスが、続けた。

「それにな、スタンレー。そればかりでなく、間もなくこの事件は連邦捜査局へ移る。高級コールガールだったキャリィの顧客に、とある人物が混じってたお陰でな」

キャリィの客に、国の重要なポストに就いている人物が居たということだ。

「それで、俺たちはお払い箱か？」

外から戻ってきた部下が、また自分のデスクに着いたが、構わずにスミスは続けた。

「そうだ。ウィルスキー警部補は喜んでるぜ、他にも手を回さなければならない事件が多いからな、ここいらへんでFBIにでも来てもらって、解決を頼みたいんだよ。未解決でもいい、とにかく、バージルシティ警察署としての未解決事件にしたくないのさ…、ついでに、俺の部下がお客さん方のお手伝いに選ばれて、光栄このうえもないよ」

これはスミスの皮肉だった。

「だからだスタンレー、俺はお前さんのお守りをしてられないんだ。もう行っていいぞ」

椅子から腰を浮かせぎみになりながら、スタンレーはお窺《うかが》いを立てていた。

「俺は、捜査を外されるのか？」

目線をあげて、スミスは上目遣いにスタンレーを見た。

「多分、そんな事態《こと》にはならないだろう。……おっと、もうひとつ、昨日の夜、警視とドクタージンの三人で検死局の解剖室へ行ったな、あれはなんだったんだ?」

グリンジャー、男女二人の検死官補、バート、受付けの守衛…、誰から洩れたのかを考える暇は無かった。

ウィルスキー警部補が巧みに処理してくれるだろうことを願いながら、スタンレーは言った。

「ロスフィールドは、死者と交信できるんだ」

「そうか、判った」

ジョナサン・スミスが、頷《うなず》いた。それから、犬でも追い払うかのように、肉厚の手をひらひらさせた。

「さあ、行ってくれ、もう、お前さんには用はないよ」

戻ってきたスミスの部下は、今の会話を記録しなかった。

16

スタンレーの事情聴取が終わって直ぐに、アリスター・ロスフィールドと会う必要を感じたスミスは、グラントホテルへ向かった。

精神科医のジン・ミサオと昼食中だとフランク・サイトに言われたのだが、スミスには、時間的な余裕がなかったのだ。

それでなくとも、幹部クラスになると昼に出かければ二時間は戻って来ないのだから…。

バージルシティが区画整理される以前から、現在の場所に建っていたグラントホテルは、映画のロケに使用された栄光もある、優美で由緒正しいホテルだ。

そのレストランの個室へと通されたスミスは、ホテルの庭園が見下ろせる窓際にテーブルを置き、椅子を並べて食事を摂《と》っている二人を見た。

ジョナサン・スミスの知識で判断すれば、そういう男たちはホモセクシャルな関係ということになる。

食事の間にも、『いちゃつきたい』連中なのだ。

しかし、常緑樹を幾何学模様に刈り込んだホテルの庭を観賞しながら食事をするには、良い配置だった。

緑の幾何学模様を見ていると、精神の安定が得られると聴いた憶《おぼ》えもある。心の裡《なか》を整理できるらしいのだ。

明らかに、部屋の中の主導権はジンが握っている様子だったことからも、これは、なにかの治療かも知れない——と思われたので、先入観を捨てた。

「こんな時間に済みません」

時刻は、十二時十八分だった。

「いや、構わないよ」

けだるそうにテーブルに右肘《みぎひじ》をついたロスフィールドが、スミスの方を見た。

二人とも食欲がないのか、それとも、これからという時に邪魔をしたのか——その可能性が高いが——テーブルのランチはほとんど手が付けられていなかった。

そのうえに、一緒に食事をどうか？　と、勧められたが、スミスと、同行した部下は、丁重に断わった。

彼等のランチは、バージルシティで開業する名の通った弁護士の、時間給に匹敵しそうな代物だったからだ。

「二、三、確認させて頂きたいだけなんです」

正規《せいき》の尋問や聴取でないことを匂わせながら、スミスは切り出した。ロスフィールドのような大物になると、手続きが必要で、その挙げ句に却下される恐れがあるのだ。

「どんなことだろう?」

なめらかな声でロスフィールドが問い返すと同時に、ジンが席を立ち、座っていた椅子をテーブルから離してスミスへと勧めた。

だが、ジン・ミサオは壁際へ退いただけで部屋からは出て行かず、スミスも退室を要求しなかった。

「倒れられたとか、お加減はいかがですか?」

巨体を揺らし、椅子に腰を下ろしたスミスは、まず儀礼的に尋ねた。

「もう大丈夫だ」

「素晴らしい個室ですね、いつも、こちらでランチを?」

次には、探りを入れているように聞こえない声音で、尋ねた。

「そうだ。ここから見える庭園が、わたしの精神状態には効くのだ」

美しく整った、――人造人間のようなアリスター・ロスフィールドがそう答えたので、

男二人が並んで食事を摂るというスタイルに、スミスは納得と理解を示し、頷いた。

「まず、水曜の夜に、警視はスタンレーとミランダ・ラコシのショーへ行かれましたね?

なぜ、スタンレーとなんです？」

いきなりスミスは質問に入った。

「チケットを買って欲しいと言われたからだ」

手帳に書き込みながら、スミスは、

「いくらで？」と、訊《き》いた。

すでに敬語は端折《はしょ》られ、答えるロスフィールドの方も、明確さだけで素っ気なかった。

「五〇〇ドル」

「安くはないですね。しかし、スタンレーに言わせれば、警視に売り付けようとしたのは、嫌がらせだったとか…」

「かもしれない」

スタンレーがどう取り繕って答えたのかを考慮しながら、ロスフィールドは曖昧《あいまい》な答えを返した。

「警視は、スタンレーとは親しいのですか？」

「どの程度を親しいと言うのかは判らないが、少なくともスタンレーは、わたしを囮《おとり》捜査に使おうと思うほど、わたしとは親しいかも知れない…」

「検死局で、解剖前のミランダ・ラコシの遺体を見ましたね？」

優雅に、ロスフィールドは頷いた。

「スタンレーが、見て欲しいと言ったのだ。わたしが見ることで、なにか、答えを出して欲しいと思ったのだろう」

ロスフィールドの言葉の裏に込められた意味を探ろうと、ジョナサン・スミスが顔をあげた。

「警視は、かつて連邦捜査局で、プロファイリングを手掛けておられましたが、犯行で損なわれた肉体を見る行為《こと》で、犯人像へと繋《つな》がる手掛かりが得られるのでしょうか？」

ジョナサン・スミスの前で、ロスフィールドは、組んでいた足をゆっくりと組み替えた。

「アルフレッド・ヒューム教授は、わたしを霊的感応者だと信じていた」

どう反応してよいのか困ったような顔に変ったスミスを見ながら、ロスフィールドは続けた。

「場所や物体に触れて、隠された真実を知る力だ。スタンレーは、そのヒューム教授の考えに感化されているのだ」

「つまり、警視は、死者の声が聴《き》けると？」

先ほどスタンレーから聞いたばかりの言葉を、スミスは繰り返した。

「そうとも言うな」

「本当ですか？」

信じていない気持ちが、スミスと部下から露骨に感じられる。

「ゆきづまった時に、占い師を訪ねるのと同じだ」

無表情な貌《かお》で、ロスフィールドが答えた。

「気安めと？」

「人による」

頷《うなず》いて、ジョナサン・スミスは自分なりに解釈した。

「確かにスタンレーの捜査は、閃《ひらめ》きに端を発する部分が大きい。刑事の直感というやつですな。だから、心霊的な現象を信じる一面もあるのかも知れないということですね？」

口にしてから、スミスは、あまりにスタンレーらしくないと気がついてしまった。

「もうひとつ、ペリドットのカメオについて教えてください」

スミスが話題を変え、ロスフィールドがありのままに答えた。

「ショーを観に行った時に、わたしがタイにつけていた装飾品だ。楽屋へミランダを訪ねて、プレゼントした」

「なんで、また？」

「彼女のショーが、素晴らしかったので…」

トップレスショーなのだ。それも、スミスが話を聞いた範囲では、ほとんどストリップティーズとしか思えなかったのだが――。

「判りました。どうもありがとうございました。これで失礼します…」

辞するために椅子から立ちあがったスミスは、振り返って、壁際に立っているジン・ミサオを見た。

彼に訊く質問は、とりあえずなかった。

だが、部屋を出て行く際の擦れ違いざまに、挨拶《あいさつ》程度に言葉を掛けた。

「ドクターは、スタンレーと仲が良かったでしたな？」

自分の幅の三分の一くらいしかない、この日本人医師のカウンセリングを、いまだジョナサン・スミスは受けたことがなかった。

「スタンレーは興味深い患者です、スミス警部。あなたが、刑事であるスタンレーに惹《ひ》かれているように、わたしも、患者である彼に惹かれているのです」

そう答えたジンは、日本人が世界中で振りまき、受け取る人々に困惑をもたらす謎めいた微笑みを、口唇《くちびる》の端に浮かべた。

「そうですか…。そう言えば、最近、指紋部では、人体から滲《にじ》むビタミン類を蛍光発光させて指紋を採取する、日本製の機械を導入したんです。どんな所の指紋でも確実に採れるんですよ」

その威力を見て来たばかりのスミスが言うと、ジンは頷いた。

「ビタミンB2ですね」

「ご存じでしたか？」

またも、うっすらと、美しい東洋の男が笑ったので、スミスはその奥にあるものを見極めることが出来なくなった。

ジョナサン・スミスにとって、今日は、興味深い日となった。

スタンレーと、ロスフィールド、そしてジンには、なにか、特別の関係があると気づいたのだ。

しかし、それを誰にも伝えなかった。これも、ジョナサン・スミス独特の、刑事の第六感だったからだ。

17

マーク・ハイツは、『誠実な男』という精いっぱいの態度で、ジョナサン・スミスの前に座っていた。

「もっと、早くに呼び出されるかと思ってました」

着てきたコートは、襟元に革の切り替えがあるスエード地で、ベージュのジャケットスーツに、白いタートルネックのセーターという姿も、彼にしては地味だった。

そして、せせら笑っているような態度も、人を値踏みするような視線も、決して顕《あらわ》さないと誓っている様子だった。

「電話で、とりあえず必要な話は聞かせてもらったから。それに、逃げるとも思えなかったしな」

態《わざ》と見えるように、ミランダの写真を机に置き、スミスが口を開いた。

昨日、現場で、白いテント地に覆われたミランダの顔を見た時の取り乱し方は、もはやマーク・ハイツには残っていなかった。

金ヅルのミランダを失った痛手は、自分も疑われる立場にあると知らされた時に消し飛び、現在では、保身のために、驚くべきほどの落ち着きを見せていた。

「そりゃあ、後ろめたいことがなけりゃ、逃げませんよ」

頬に散ったそばかすの部分だけを動かして、マークは笑ってみせた。

彼は、役者だった時期とミランダのエージェント兼マネージャーになってから身に付けた、『誠実でいい人』の笑顔を振りまいて、スミスのご機嫌を伺っている。

だが、ジョナサン・スミスは、興味もなさそうに手元の書類へと視線を落とした。

「昨日訊くのを忘れたが、ミランダは妊娠していたか？」

「いや、してない…はずです。妊娠してたら、あんなハードなショーは演じられない」

血液検査でも、妊娠していないのは確認済みだったが、スミスは訊き、当たり前のようにマークは答えた。

「判った。ではまず、木曜日の経緯《けいい》を話してくれないか、マーク」

早く解放されたいと願うマークが、咳《せ》き込むように話しはじめた。

「ショーの後で遊びに出ていたミランダが、ホテルに戻って来たのは昼過ぎてて、俺は、大急ぎで着替えさせ、契約の話し合いに連れてったんです」

「一日のステージだけで、専属契約が決まるなんて、凄《すご》いな」

キンキンしたジョナサン・スミスの声を電話で聞き、マークは神経質そうな痩《や》せた男を想像したが、実物はずんぐりした巨体であったため、失望していた。

どう見ても、有能な捜査官には見えないからだ。著しい偏見だったが、体型を自己管理できない太った人間は、怠惰からくるしくじりを犯すだろうと思っているのだ。

犯人にされてしまうかも知れないという恐れが、湧いていた。

「実は、前々からミランダが最も有力だったんですよ。だから俺は、なんとしても、最初のステージの晩は客席を満席にしたかった。それも、金持ちの客ばかりを集めて、彼女にはこれだけの後ろ盾がいますってやったんです」

「そんなに金持ちの知り合いが多いのか？」

この質問は、それほどマークを不快にはせず、むしろ逆の効果をもたらした。

「一年前に、バージルシティ中の金持ちだけが入れる特別の会に入会できたんですよ」

マーク・ハイツは得意顔になった後、今度は一転して、表情に落胆を滲《にじ》ませた。

「もちろん、ありとあらゆるコネと金を使ったけど、それだけの価値はあったんですよ。もっとも、ほとんど地方回りに出てる僕は、幽霊会員みたいなものですがね…」

ジョナサン・スミスは、頷いた。

バージルシティ中の、スノッブな紳士たちの集まりのことは知っていた。

以前、スタンレーが囮《おとり》捜査でロスフィールドを入会させるために奔走していたことも、憶《おぼ》えている。

「専属契約には、君が集めた客の財力と、ミランダのベッドの技が物を言ったのか？　確か、前の晩はホテルの支配人と一緒だったそうだからな」

気色ばんで、マークが身を乗り出した。

「なに言ってるんですか、それは、俺には関係ない。たまたまミランダと支配人が意気投合して、男と女の関係になったってだけですよ！」

マークの弁解を、スミスは聞いてなぞいなかった。

「そうやって仕事をとるのは、よくあるのか？」

「スタンレーですね。彼が、有る事無い事言ってるんだな。いいですか、ミランダは昔、参考人に呼ばれたのが切っ掛けで、スタンレーともしょっちゅう意気投合してましたよ」

怒りで、マークは口を滑らせた。

「今回のことだって、スタンレーのせいだ。絶対にそうだ。それに俺は見たんだから」

「なにを見たんだ？」

肉厚な顔の中にあり、小さなビーズみたいだとマークが思ったジョナサン・スミスの眼が、いきなり光ったように見えた。

模造品のビーズと侮っていた首飾りが、本当はダイヤモンドだったと気がついた時のような、ひやっとする感触に、神経を撫《な》でられた。

「あの夜、俺は、スタンレーのアパートの下にいたんだ」

肩の力をぬいて、マークは口を開いた。

口調には、今までにない素直さと、新たな懼《おそ》れが加わっていた。

「ミランダが帰ったら、きっちりスタンレーと話つけたかったからだ。でも、あいつらが、まさか非常階段を使って出入りしてるなんて思わなかったから…、玄関前で待ってたのに、ちょっと居眠りしたすきに逃げられたんだよ」

マークが言いたい内容は判った。

今後三か月、ミランダはショーの主役なのだ。際どい出し物もあるだろう。色気で客を誑《たら》し込む必要もある。ゆえに、情夫の存在は隠しておくべきで、刑事というのも、有り難くはないのだ。

そして「逃げられた」というのはマークの主観による発言だったが、今はまだ、深く追及せずに、スミスは先を促した。

「電気が消えてたから、七階まで上がってノックしたけどいなかったんだ。逃げられたんだよ。頭に来て、直ぐにホテルに戻ろうとしたら、二つ目の信号かな、そこでスタンレーと擦れ違ったんだ。あいつの車はすぐに判るさ…」

確かに、見間違えようもないオンボロなのだ。

「ミランダはどうした？」

「乗ってなかったさ、もうホテルに送って来たんだと思った。だって、金曜の朝九時に本契約だったんだ。スタンレーの部屋になんか泊まるはずないさ。そんなことしたら絶対に遅れちまう…」

「擦れ違ったのは、何時ごろか判るか？」

「零時ごろだな、時計見たから間違いない。それで、俺は引き返して、スタンレーのアパートに行ったんだ。話し合わなきゃならなかったけど、やつが非常階段から自分の部屋へ上がって行くのを見てた…」

感情が高ぶったのか、マークは、大きく息を吸って自分の言葉を止めた。

それから息を吐き出すように、喋《しゃべ》り出した。

「部屋の明りが灯《つ》くのを見た。あいつはさ、カーテンなんか付けてないんだ。それなのに、窓際で上着を脱いでんだ。誰も見てないと思ってな。その下は裸だった。セックスした後の身体に、上着だけ引っ掛けて、女を送ってったって感じさ。…けどな、裸の胸に拳銃《けんじゅう》のホルスターだけ吊《つ》ってやがるんだ、格好つけてて……」

そう言えば、昔の映画にそういうダーティーなヒーローがいたなと、ジョナサン・スミスは思った。マークの反応の仕方も、そこから来ているのだろう。

だがスタンレーにすれば、格好をつけている訳でも、なんでもないのだ。

アンダーシャツを着るのと同じように、彼は、拳銃を身に付けているというだけなのだ。

「俺はブルッちまったんだ。拳銃を持ってる奴とは話し合いたくなくなったんだ。それよりミランダを説得する方が、楽だって思った。俺は、彼女の扱い方は判ってる。それで、帰ることにしたんだ」

初めての自慰を告白する少年のように、マークはびくついていたが、話している間に少しずつ落ち着いて来た。

「時間は一時を過ぎてたかな、スタンレーの部屋の電気が消えたんで、なんとなく時計見たんだ。それから、ホテルまで結構時間が掛かった。三時過ぎかな、こんな時間にミランダを起こせば不機嫌になるのは判ってたから、そのまま寝て、朝になってもミランダは起きて来ないから、いや、部屋に居なかったんで、俺はスタンレーに電話したんだ」

マークの行動に引っ掛かりを感じるが、スミスは話の流れを切らずに訊《き》いた。

「スタンレーは電話に出たのか？」

「出なかったさ、あいつ、携帯の電源切れてるんじゃないのか？」

怒ったようにマークは答える。スミスの方は、同じ調子で訊いた。

「時間は？」

「八時ごろ。言っただろう、九時から本契約だったんだ」

通話記録は後で調べられる。スミスは、マークの怒りを静めるように言った。

「普通、そんな時間には仕事に出かけてるものさ」

素直にマーク・ハイツは肯《うなず》いた。

「失念してたよ。ずっと、そういう生活じゃなかったからな…、それにスタンレーがいなくても、アパートにミランダがいれば固定電話に出るかもと思った」

「ミランダは、夜のうちにスタンレーが送って行ったんだろう？」

矛盾をスミスに突っ込まれたマークが、怒鳴った。

「そうじゃないかも知れないだろう！　俺は、そのものは見てないんだ。スタンレーが殺して運んだかも知れないし……」

焦《じ》れたマークが、身体を揺り動かしはじめていた。

スミスは五分前の話題を蒸し返した。

「マーク、スタンレーのアパートからホテルまで二時間は掛からないだろう？　つまり、あんたは零時から三時の間、ミランダが殺されたと思われる時間のアリバイがないことになるな」

「待てよ、待てよッ」

慌てたマークが、椅子から立ちあがった。

咄嗟《とっさ》に、不明な時間になにをしていたか言い掛けようとしたが、マークは思いとどまった。スタンレー・ホークの同僚には、知られたくなかった。

まさか自分が、スタンレーの裸を見て興奮した挙げ句に独りで――…などとは、決して、知られたくなかったのだ。

「俺が、なんで、大事なミランダを殺さなきゃなんないんだ?」

椅子に深く腰掛け直して、マークは頭を抱えた。

瞬間劇のように、様々に変化するマークの様子を見たジョナサン・スミスは、そこに自分なりの答えを出していたが、調べてあった手の内を見せて、さらに追い込んだ。

「木曜日の昼に、ミランダと契約内容について派手な大喧嘩《おおげんか》をしたんだってな、その後、ミランダはホテルのバーが開くのを待って飲みに行き、ぐでんぐでんに酔っ払った」

マークが狼狽《うろた》えぎみに言い返す。

「そ…、そりゃ、行き違いはあるさ。でもな、俺はミランダをスタンレーのアパートまで送ったんだぜ」

すかさずスミスが、訊き返した。

「なんでだ? マーク。会わせたくない二人を逢引《あいびき》させるのに、わざわざ送って行ったりする? そのうえ、アパートの下で待ち伏せていたんだ?」

「待ってくれ、さっきも言っただろう!」

先走る前にちゃんと話を聴いて欲しい――と、マークが悲鳴に近い声をあげた。

「送って行ったのは、ミランダが酔っ払い運転で行こうとしたからさ、それくらいなら、俺が送って行こうって、思ったんだ。それで、後からスタンレーと話し合おうと…」

「でもな、マーク。この写真を見てくれ」

鑑識課から回ってきたばかりの写真を、ジョナサン・スミスは取り出した。

「ミランダが、スタンレーの車の窓に書いた文字を撮影したものだ。ほら、『マークと帰るわ、バイバイ〜、ミランダ』と読めるだろ？　いいか、人体からでる分泌物の御陰で、消えたと思っても、驚くほどはっきり残ってるんだよ。特に最初の文字、あんたの名前の辺りがな…」

スタンレーを尋問中に、スミスは部下に車を調べに行かせ、証拠を手に入れていたのだ。

「それに、スタンレーは後ろからあんたの車、白のメルセデスだったよな、その車にライトでパッシングされたと言ってる。ミランダがあんたの車だと言ったそうだぞ」

絶句するマーク・ハイツに、ジョナサン・スミスが続けた。

「いいか、例えばだ。アパートから十区の署まで追いかけて来て、用事でスタンレーが署内に入ってる間、あんたはミランダを自分の車に呼んだ。だが二十区のホテルに戻る途中で、カッときて彼女を殺した。たまたま十六区には、私立公園があったので、人目に付かないように中へ運んだ」

夜間は閉じられる私立公園だが、侵入は可能だった。

「彼女が女優だったから、目についたステージに放置した…」

実際、ミランダが殺されたのは池の縁で、腹が裂かれていたことは、隠した。遺体を見せられた時にも、マークは顔しか見ていないので、知らないはずだった。

「まさか、俺じゃないぜ……、それに、白のメルセデスなんて皆が乗ってる…」

あまりの展開《こと》に、驚いたきりで口も聞けない様子だったマークが、ようやくそう言った。

が、スミスがまたも言い返した。

「Sクラス以上となるとそうでもないさ…、ともかくマーク、あんたは重要参考人だ。この都市《まち》から出ないでくれ、ホテルからもだ」

「待ってくれ、俺は…俺は、やってないッ、クソッ、弁護士が必要だ…、クソッ、クソッ、スタンレーが疫病神だ。あいつのせいだ。あいつが、殺したのかも知れないのにッ」

怒りに衝《つ》きあげられたマークが罵《ののし》りはじめたが、そのスタンレーにすれば、彼は救いの神だった。

車窓の文字と、マーク・ハイツの証言のお蔭《かげ》で、完全に容疑者から外れたのだ。

「おいおい、落ち着けよ、マーク。あんたの知り合いの金持ちに、有能な弁護士くらいいるだろう?」

スミスの言葉に、皮肉が混じっていることも気にならない様子で、マークは頷《うなず》き、社交クラブに連絡をしなければと、焦っていた。

18

アパートの前に駐車されたロスフィールドの車を見たスタンレーは、いつもの非常階段ではなく、正面玄関から一気に七階まで駆けあがった。

途中で会うかと思ったが予想は外れ、部屋の前に、すらりと優美なシルエットが見えた。上衿《えり》に黒のベルベットがついたダーク・グレーのチェスターフィールドを纏《まと》ったロスフィールドが、一人で立っていた。

「どうした？　ロスフィールド…」

「話したいことがある」

俯《うつむ》いていた貌《かお》をあげ、スタンレーを見たロスフィールドの声は、凍えた感じだった。

署から真っ直ぐ帰らずに飲んできたスタンレーは、彼が、どれくらい自分を待っていたのだろうかを考えながらも、つい、訊いていた。

「ジンは？」

「彼には、知らせずに出かけて来た」

「でも、あいつなら、気がついてるだろうぜ」

そう言って、スタンレーは笑い、すこし躊躇《ちゅうちょ》したが、ドアを開けた。

「入ってくれ」

スタンレーのアパートは、広いリビングがついたワンベッドルームだ。初めて入るロスフィールドは、足を踏み入れた途端、気後れしたように立ち止まった。

リビングから、ドアが開きっぱなしのベッドルーム、ダイニングキッチンにかけて、竜巻が通過した後のようだったのだ。

手当たり次第に物を床に叩《たた》き付け、暴れ回った痕跡《こんせき》がそのままだったからだ。

ミランダが死んで、スタンレーがどれだけショックだったのか、無念だったのか、形として、残骸《ざんがい》として、部屋の中に残っていた。

「悪いな、散らかってて…」

ザザッと、椅子の上のものと、テーブルの上のものを手で押し退けて床に落とし、スタンレーはロスフィールドが座れる空間を作った。

それから、部屋の中に籠《こも》った、食べ物や零《こぼ》したアルコールや、割れたローションの瓶から立ちのぼる匂いなどを追い出すために、窓を開けた。

「ビールでも飲むか？」

冷蔵庫から出した瓶ビールを片手に、スタンレーは男らしく整った眉《まゆ》をあげて訊《き》いた。

真冬の、寒い部屋で、冷えたビール。

だが、強い酒は飲んでしまって、もうビールくらいしか残っていないのだ。

「わたしの家へ行こう」

見兼ねたのか、ロスフィールドがそう言った。

「こんな汚い部屋と酔っ払いは嫌か？」

「そうではない…、なにか食べた方がいい、ずっと、食事も摂《と》らずにアルコールだけを飲んでいる」

冷蔵庫の中に、なにもないのが見えたのだ。

「なんで、判る？ いや、あんたには判るんだよな…」

染みのついた壁に寄り掛かったスタンレーの口調には、絡んでいるようなところがあるが、ロスフィールドは赦《ゆる》した。

「誰でも判る。それだけアルコール臭ければ…」

「飲まなきゃいられない」

そう言ったスタンレーのビール瓶に、ロスフィールドは、優美な細い指を滑らせた。

ロスフィールドはビールを奪ってしまうと、これ以上スタンレーに飲ませないために、自分で口を付けた。

彼らしくない行動だったが、今夜はロスフィールドにもアルコールが必要だった。飲まずにいるのは、ここまで自分で車を運転しなければならなかったからだ。

もっとも、普段のロスフィールドは、酔うほど酒は飲まない。

酔った時に、もしも、自分以外の何者かが顕現《あらわ》れてしまうことを懼れているのだ。

――それはかつて、アークライト、アリスター、アリスティア、アレグザンダー、アレクサンドロス、アレクサンドルなどと呼ばれた人々だ。

「スタンレー・ホーク、君の容疑は晴れたのだよ。しっかりしなければ、彼女の敵を討てない…」

飲み終えたビール瓶をテーブルにおいて、ロスフィールドはスタンレーに言葉をかけた。

「敵討ちか？　俺が刑事でなけりゃ、殺してやりたいぜ…」

感情を引き出されたスタンレーは、人前では堪《こら》えている涙を、隠せなくなった。

「俺にとって、ミランダは特別な女だった。あいつは、――俺が、あんたを愛してるんでも、いいって言ってくれたんだ…そんな女は、二人といないよ…な…」

ロスフィールドは近づいて行き、身体に腕を回すと、なだめるようにスタンレーの口唇《くちびる》にキスをした。

それから、彼の涙を舌先で拭《ぬぐ》って、もう一度、口唇をあわせた。

「…優しいんだな、ロスフィールド…」

照れ臭くなったのか、スタンレーの方から身体を離した。

「ザマあないよな、刑事やってても、自分の…女のひとりも守ってやれないなんてな」

スタンレーの悲しみと、後悔が、荒々しい波となって押し寄せてきて、ロスフィールドは息がつまり、溺《おぼ》れかけた。

「スタンレー…」

穏やかだが、いつもとなにか様子が違うロスフィールドに気づき、スタンレーは顔をあげて彼を見た。

「どうした?」

「ミランダを殺したのは、わたしだ」

唐突に、ロスフィールドが言った。

「えッ」

二人を取り巻く空気が、金属的な匂いを帯びた。

だが直ぐに、スタンレーが否定した。

「やめろよ。あんたじゃない」

スタンレーが、ペリドットのカメオを署に戻しに行かなければ、彼女は死なずに済んだかも知れない。

自分が与えた物が原因をつくったのだと、ロスフィールドは責任を感じているのだ――そう、スタンレーは解釈した。

スタンレーの考えを打ち消すように、ロスフィールドが言葉を滑らせた。

「ミランダの死の原因は、レイプされたことにある」

「なんだ？　なにか、感じて、判ったのか？」

縋《すが》るようにスタンレーはロスフィールドの両腕を掴《つか》んで、早く話してくれとばかりに揺さぶった。

ロスフィールドは苦しみながら、告白する。

「わたしが、彼女をレイプし、殺したのだ。いや、殺すつもりはなかった。抵抗されて、首を絞めたのだ。……そうしたら、死んでしまった」

瞬間、スタンレーは黙らせようと、ロスフィールドの頬を打っていた。

強い力ではなかったが、冷えた空気の中で、鋭い痛みを相手にもたらしただろうと、想像できた。

「いい加減にしろよ、こんな時に、言っていい冗談と、そうじゃないことがあるぜ。あんたが、そういう無神経な奴だったと思いたく…な…いぜ」

その通りなのだ。ロスフィールドは、『そういう無神経な奴』ではないのだ。

「――それとも、まさか…、本当なのか？」

困惑気味に、スタンレーが口を開いた。

「答えろッ、本当なのか？」

ロスフィールドが頷《うなず》いたので、しばらくの間、二人は睨《にら》み合っていた。

スタンレーは、怒りで頬が上気しはじめ、ロスフィールドの方は、強張《こわば》っていた。――それでも彼は、信じられないほど、美しかった。

「あんたじゃない。なんで、嘘を吐く？」

揺らぎのない、青く、透明なまでに澄んだ瞳《ひとみ》から、スタンレーは答えを出した。

「わたしではないと、どうして判る？」

「眼を見れば判る。自分の惚《ほ》れた男が嘘を吐いてるかどうか、眼を見れば判るんだぞ、ロスフィールドッ。なんで俺を騙《だま》そうとするんだ？」

怒りを放ち、摑み掛からんばかりになっているスタンレーを、ロスフィールドは凝視《みつ》め、それから長い睫《まつげ》を伏せた。

青銀色の瞳が、金色の雨に隠されたようになった。

「騙したいのではない、判らないのだ。三十六時間の記憶がない。そして、わたしならば、警察署でミランダに声を掛け、車に乗せることが出来るだろう」

「いや待てよ、あの時、後ろからマークが追ってきてたんだ。窓ガラスにも『マークと帰る…』とはっきり書かれてたんだ」

「そんな言葉は、拳銃《けんじゅう》か、ナイフで脅してでも書かせられる」

数瞬の後、ロスフィールドは口唇を噛《か》んで告白すべきかどうかを迷っていたが、ついに決心をつけ、視線をスタンレー・ホークへと定めた。

「わたしは、彼女に嫉妬《しっと》していた。君の愛人と知ったからだ。嫉妬は、りっぱな殺人の動機だよ」

「ロスフィールド…」

スタンレーは、彼を抱き締めた。

「だからって、自分を追い詰めるなよ。あんたじゃない、あんなに自制心を働かせていたじゃないか。怪物になりたくないと……」

今度は彼をなだめるように、髪の中に指を差し入れ、スタンレーは優しく撫《な》でた。

苦い、松の匂いが、ロスフィールドからは感じられた。

彼の髪に顔を埋《うず》めたスタンレーは、その清涼な匂いを心ゆくまで嗅《か》いだ。

スタンレーの下腹部に、熱いものが流れ込んでいた。

「なあ、ロスフィールド…ベッドへ行こうぜ……」

頬に圧《お》しつけられたスタンレーの口唇の熱さに、抗《あらが》おうとでもするかのように、ロスフィールドが口を開いた。

「だ…だめだ、こんな時…にッ」

ロスフィールドにすれば、とても愛し合う気分ではなかった。それも、ミランダとスタンレーが愛し合ったベッドでは、なにを視て、知ってしまうか判らない恐さがある。触れたくなかった。

だがスタンレーは、獣的な欲望に支配されていた。

抗うロスフィールドをベッドルームへ連れ込むのに、少しばかりスタンレーはむきになった。

力ずくでは、圧倒的にスタンレーが優位なのだ。

ものの数分で、コートを脱がせ、服も、下着も剝《は》ぎとったロスフィールドをベッドへ押し付けるなり、スタンレーは背後から組み敷いて、舐《な》めた指を挿《い》れていた。

「スタンレー……ッ」

もはやミランダを感じることはなかったが、ロスフィールドは荒々しいスタンレーに怯《おび》え、彼を制止しようと名を呼んだ。

「じっとしてろよ」

スタンレーは、埋めた指でロスフィールドをまさぐってみる。

「うう……」

拒まれているのが判った。

「準備OKとはいかないな…」

抽《ぬ》きとった指を舐めて、ふたたび挿入したスタンレーは、指と舌を使ってロスフィールドをなぶりにかかった。

ロスフィールドは眼を閉じてしまい、シーツを摑んでじっと怺《こら》えている。

指を二本まで咥《くわ》えさせられるようになると、スタンレーは背後から伸《の》し掛かろうとした。苦痛を味わわせたくはなかったが、ロスフィールドの心と肉体がほどけてくるまでは、とても待っていられなかったのだ。

抵抗できないように、背後から腰を抱えて、硬質な双丘へ熱い塊を圧しつけた。

「あ――…」

絹糸を思わせる金髪を振り乱し、ロスフィールドが拒絶を表したが、スタンレーは勢いを付け、押し挿《い》った。

ロスフィールドの喉《のど》から、傷ついた獣のような、弱々しい呻《うめ》きがせりあがって来た。

完全に挿入を果たすと、スタンレーは深い溜《た》め息《いき》を洩《も》らし、呼吸を整えてから、押さえていた手を離した。

押さえつけるかわりに、腰骨を辿《たど》るように前方へと腕を差し入れて、手掌《てのひら》にロスフィールドを確かめた。

挿入されたロスフィールドは、妖《あや》しく変化していたが、快感を得ている様子ではない。

「…アリスティア、俺を受け容れろよ」

ほっそりとした首筋に、口づけを繰り返し、耳許《みみもと》へと息を吹きかけながら、スタンレーは請うた。

「なあ、頼むよ…、俺を、愛してると、言ってくれよ……」

その証拠を身体で示してくれとばかりに、スタンレーは、要求しているのだ。

強張りのとけないロスフィールドだったが、快楽を引き摺《ず》り出すように動きはじめたスタンレーに、屈するしかなかった。

ひくつくように、彼の内部がうねりを起こした。

肉体の方が抗えなくなってきたのだ。

絡みつく甘美な肉襞《ひだ》に、スタンレーの方もロスフィールドの変化を感じとった。

すると彼を、もっと、もっと感じさせてやりたくなり、動きを変え、速さを変えた。

「――アァッ！」

直ぐさま、ロスフィールドは斜面を滑り落ちてゆくように、自分を引き止めることが出来なくなっていった。

後はもう、何度かスタンレーが動いただけで、ロスフィールドは小刻みな痙攣《けいれん》とともに悦《い》き続けてしまい、すすり泣くような声を洩らした。

スタンレーが動く度に、快感の衝撃波が頭の芯《しん》まで到達し、ふっ…と意識が浮きあがる。

歓喜にロスフィールドが身悶《みもだ》えを放つと、連動するかのようにスタンレーも堪らなくなってしまい、大腿《もも》の内側まで慄《ふる》えが走った。

二人は、お互いの肉体で悦《よろこ》びを受けとめて、またお互いの肉体に悦びを注いだ。

スタンレーから見える美しい横顔に、陶酔が浮かんでいる。

見ているうちに、スタンレーは自制が効かなくなった。

「あ——ッ！」

余韻に浸っていたロスフィールドが、スタンレーの奔流を受けて、声をあげた。

彼にしては大きな声だったので、さらに追いあげるように、スタンレーは手を動かした。

前方に触れた手指で、ロスフィールドを荒々しく扱《しご》き立てたのだ。

「うぅ……っ……」

脈動するスタンレーから、灼熱《しゃくねつ》の体液を注ぎ込まれながら、自分は搾り尽くされる。

ロスフィールドは、肉体で感じる快楽のすべてを同時に味わわされて、昂《たか》ぶり、果てた。

やがて、自分の快楽をすべて解き放ったスタンレーだが、ロスフィールドから離れられずに、結びついたまま抱きあっていた。

欲情は醒《さ》めずに、まだロスフィールドを必要とし、求めている。

スタンレーは挿れたままの腰をゆるく動かして、ロスフィールドの耳許に囁《ささや》いた。

「もう一度、このまま悦《い》かせてやろうか？……」

虚《うつ》ろに眸《ひとみ》を瞠《みひら》いて、ロスフィールドは頭を振った。

「あぁ…、もう、駄目だ…——」

身体の下で、ロスフィールドがずりあがり、抽き取らせようとしているのが判ると、スタンレーはこれ以上を諦《あきら》めた。

スタンレーが離れると、素早くロスフィールドは腰を捻《ひね》って、身体の位置を変えた。

「悪かったよ、無理やり犯《や》ったりして…」

だがロスフィールドは答えずに、そのままベッドから降りて、バスルームの方へと行ってしまった。

そちらも散らかっていることを想い出したスタンレーは、慌てて彼を追った。

白いタイルと、一部アクセントに青のタイルが帯の様に嵌《は》め込まれたスタンレーのバスルームは、陶器の浴槽と、便器と、洗面台が狭い空間を利用して、理想的な配置で押し込められている。

優雅な家庭に育ったわけではないスタンレーにとっては、バスルームの床が、タイル張りであるか、板張りであるかは、大問題だった。

――絨毯《じゅうたん》敷きなどは、予測も想像の範囲も越えていた。

バスタブの内に立ったロスフィールドは、壁に両手をついて身体を支え、なにか瞑目《めいもく》している様子だった。

彼の傍らには、全開にしたシャワーの湯水が、無駄にバスタブの底を洗っている。

声を掛けるのも憚《はばか》られ、スタンレーはドア口に寄り掛かった。

青白いロスフィールドの内腿《うちもも》から、妖しいぬめりを帯びた体液が、細い蛇のように流れ降りていった。

「エロチックな眺めだな…」

自分が注ぎ込んだ快楽の証《あか》しであることは、スタンレーにも判っている。

「出て行ってくれ…」

ハッと振り返ったロスフィールドは、掠《かす》れた声で、拒絶をはなった。

「いいじゃないか、──あんたの、なにもかも、知りたいね…」

声音に籠《こ》められた欲望が、伝わってくる。

ロスフィールドは、スタンレーの瞳《ひとみ》に灯《とも》る新たな欲望の焔《ほのお》をみていたが、気づかない振りで言った。

「だしてしまわないと、辛《つら》いんだ」

「俺の──だろ？」

言うなり、スタンレーは、狭いバスルームを横切って、ロスフィールドへと近づいた。

さらには、追い詰めるようにバスタブの中へと入り、両手でロスフィールドの頬をはさんで、口唇《くちびる》を合わせた。

「気持ち悪いのか？」

訊《き》かれたロスフィールドは否定したが、同時に、なにか、目に視えないものに反応したかのように、身悶えた。

「あ、ぁあ……、身体の内が熱い……お前が…暴れている…か…ら…」

悶えているロスフィールドを抱き締めて、スタンレーは、下肢を擦りつけた。

「ロスフィールド、俺もまた暴発しそうだぜ」

スタンレーの男を圧《お》しつけられ、息を呑《の》んだロスフィールドだが、眸《め》を閉じて身体から力を抜いた。

「壁に手を付けよ、ここで、いいだろう？」

ロスフィールドを壁に押しつけたスタンレーは、またも背後から挿入した。

快楽に溺《おぼ》れたロスフィールドのすべてが潤っていて、激しく、熱烈な求愛を、柔軟にうけとめた。

「最高に悦《い》い気持ちだぜ……ロスフィールド…」

粘土に指先で穴を穿《うが》って行くように、スタンレーは、挿入した先端で、ロスフィールドを掻《か》き回した。

「ああッ…あッ、あッ、スタンレー…」

ロスフィールドから、呻きとも、喘《あえ》ぎともつかない声が洩れる。

すかさずスタンレーは、彼の敏感な部分を刺激してゆき、極まった声をあげさせるまで責めたてた。

「あ、あうッ、あうッ……た…たのむ…やめ…てくれ……あッ…」

あまりの刺激に怺えきれなくなったロスフィールドは、スタンレーに串刺《くしざ》しにされたま
ま、ずるずると壁を伝い、バスタブに頽《くずお》れていった。
いっそう淫《みだ》らに、二人は獣の形になって愛し合う態位《すがた》になり、スタンレーは突きあげる
力を増した。
それからの二人は、バスルームで、ふたたびベッドで、もはや、二人の時間が残されて
いないかのように、求め合った。

激しく愛し合った後の心地好《よ》い疲労にまどろんでいたスタンレーは、ロスフィールドに
揺り起こされて、眼が覚めた。

「ん？…な…んだ？」

すでにロスフィールドは着替えており、鳴り続けるスタンレーの携帯電話を持っていた。

「どうせ、ジンだ」

手で払ったスタンレーに、ロスフィールドが表示された番号を見て、伝えた。

「スミス警部からだ。出た方がいい」

飛び起きたスタンレーが電話に出ると、甲高いスミスの声が響いた。

『スタンレー、直ぐにエドモンドホテルに来てくれ。マーク・ハイツがミランダ殺しを認

めて自殺した』

「なんだって！」

『証拠もあった。使用したナイフと、――ミランダの欠損部分だ。だがな、スタンレー、まだ腑《ふ》に落ちない部分がある』

「なんだ？」

『今さっき、グリンジャーから届いた検死結果を見てたんだがな、ミランダの肛門《こうもん》内に残っていた体液からAB型Rhマイナスが検出された。お前はO型でマークはA型だから、どちらでもない。いいか、ミランダは死ぬ前に、バージルシティじゃ人口の四パーセントもいない血液型の男と肛門性交してる』

絶句したスタンレーは、決してロスフィールドを振り返るまいと、自分を制した。振り返り、お互いの眼を見た瞬間に、なにか気づかれてしまうのではないかと思ったからだ。

『聴いてるのか？　スタンレー…』

「ああ、聴いてるさ」

異変を悟られないよう、いつもの自分の声を想い出しながら、スタンレーは答える。

『直ぐに来てくれ、お前が必要だ』

電話を切ったスタンレーは、呼吸を整える間も自分に与えずに、勢いよく振り返った。

「マークがミランダ殺しを認めて自殺した。凶器も子宮も奴の所で見つかった。俺は、これから現場へ行かなきゃならない」

ロスフィールドの眼眸《まなざし》を避け、彼が何か言おうとするのを遮って、スタンレーはシャツを拾いあげ、頭から被《かぶ》った。靴を履くまでに、五分と経《か》からない早業だった。

「わたしも現場へ行った方がいいか？」

もうグリンジャーをわずらわせる訳にはいかないだろう。ロスフィールドの申し出を、スタンレーは止めた。

「いや、もうスミスも初動班も来てるんだ。あんたの『秘密』を見られるのは良くない」

『秘密』と自分で口にして、スタンレーは口唇を噛《か》んだ。

アリスター・ロスフィールドの『秘密』——人口の四パーセントに満たない、特殊な血液型——。

「ではスタンレー、わたしはジンのところにいる。落ち着いたら電話で報《しら》せてくれないか」

次にロスフィールドがそう言ったので、スタンレーは肯《うなず》いた。

それはスタンレーにとっても好都合だった。ジンと一緒にいてくれれば、少しは安心できる。そして、一度の電話で必要な報告も可能だ。

19

エドモンドホテルの三階、宿泊している部屋のバルコニーから柵《さく》を越えて飛び下りたマーク・ハイツは、ほぼ即死状態だった。

普段バルコニーには、真鍮《しんちゅう》製のガーデンチェアとテーブルが置かれているのだが、真冬の間だけはしまい込まれている。そこでマークは、バスルームにあった籐椅子《とういす》を運んで踏み台とし、胸の辺りまであるガードフェンスを乗り越えたのだ。

水が出されたままになっているバスタブの中には、ミランダの欠損部分が揺らめいており、犯行に使用されたと思われるナイフも、底に沈んでいた。

なによりも、バスルームの巨大な鏡に、『許してください。僕が殺しました。マーク・ハイツ』と、指で書いた文字が残っていた。

「やつは、早速、応用したということかな?」

捜査支援課から三人の部下を連れて来たジョナサン・スミスが、ほとんど独り言ともつかない呟《つぶや》きのような声で言ったのを、スタンレーは聞きつけた。

「なにが応用だって？」

「スタンレーか、早かったな、まだグリンジャーも来てないのにな…」

現場には、野次馬を制するホテルのガードマン数人の他に、初動捜査班の六人がいるだけだ。

スミスは早速、スタンレーにバスルームからバルコニーまでを一通り見せて、まだホテルの敷石の上に横たわるマークを三階から見下ろした。

「飛び下りたのは、二時間ほど前らしい。ドンという音を宿泊客が聴いてるが、まさか、投身自殺とは思わずに通報が遅れた。ほら、ここまで椅子を運んで、自分でフェンスを乗り越えたんだな」

ざっと見て、スタンレーは首を傾げた。

「三階は、確実に死ねる高さじゃない。本気なら、もっと上の階から飛び下りるがな」

そう言ったスタンレーを、スミスが促し、隣のベッドルームへ連れて行った。

ディナーショーに出演する一女優のエージェント兼マネージャーにしては、破格の部屋を与えられている感じがある。それをスタンレーが口にしかけると、スミスも頷《うなず》いた。

「マーク・ハイツは、どうやらドラッグの売人もやってたみたいだな。前にお前が、警視を入会させたアッパーミドル連中の会があっただろう？　そのメンバーに売って取り入ってたようだ…」

数時間あれば、ジョナサン・スミスは目を付けた相手の外堀を埋めるくらいの情報を手に入れてしまう。

「それよりもスタンレー……」

スミスの、高音気味の声音が、低く、変わった。

「お前は言ってたな、今までと違い、ミランダのは狩り奪《と》りじゃなくて偽装のために掻き出したみたいだとな……」

「あ…ああ…そうだったな」

今のスタンレーは、歯切れが悪い。ジョナサン・スミスは、さすがの彼もショックを受けているからだろうと理解したが、互いの職業柄、気遣ってやる余裕も、必要も、感じなかった。

「俺もその考えに乗っかろうと思いはじめた。つまり犯人は、彼女の体内に残った体液から身元を割り出されることを恐れ、腹部を裂き、子宮から膣《ちつ》にかけてを抉《えぐ》り奪ったんじゃないかと思えてきた。それなら、腹の腔《なか》が水で洗われていた説明もつきそうだ…」

真犯人は、『咄嗟《とっさ》にそこまで考えが及び』、『実行する勇気』があり、『ミランダが女優』と知っていて、さらには、『血液型が特殊な人物』だ——と、スミスが口にする前に、スタンレーは確かめようとした。

「スミス、今のあんたの話を聞くと、犯人は運河の事件を知っていて偽装したわけじゃない。と聞こえるが…」

元々はスタンレーの説だったはずだ——そうスミスは返さずに、先を続けた。

「偽装するなら他の臓器も取り出さないとな。キャリィ・ライアだって摘出されたのは子宮だけだった訳じゃない。犯人は、必要にかられて、必要な臓器…つまり子宮の辺り一帯を奪ったんじゃないか？　体液があれば血液型もDNA鑑定もできる。前科がある奴かも知れないぞ……」

「自分の体液を消したいからって、子宮まで抉るか」

ドアを隔てて何人かの人間が入ってきたのが感じられたので、スタンレーは先を急いだ。

「肛門内に残った体液を忘れてるぜ、スミス。腹まで引き裂ける奴が、そっちの方を忘れるのはどうしてだ？」

首の下の肉をたるませて、ジョナサン・スミスが頷いた。

「漏れたのに、気がつかなかったとも考えられるな、肛門括約筋の力を知ってるか？　凄《すご》いらしい…」

面白がる様子も、いやらしさも、なんの感情も混じらないスミスの言い方だったが、スタンレーは追い詰められた気分になった。

そこへノックがあり、バートが顔を覗《のぞ》かせた。

「スタン、ここにいたのか？　おい、ドクターが来てるぜ…」

「誰だって？　ジンか？」

「ああ、お前が招《よ》んだんじゃないのか？」

違うと叫ぼうとしたスタンレーの横から、スミスが、自分だと認めた。

「俺が電話で来てくれるように頼んだんだ」

咄嗟に、スタンレーの顔色が変わった。一緒にロスフィールドも来ているのかと思ったのだ。

「どうしました？　スタンレー……」

黒革のロングコートに、ブーツと手袋といった姿のジン・ミサオが、彼独特の、魅力的な声でスタンレーの名前を呼んだ。

スミスが、ジンと入れ代わるように寝室から出て行くのを待ちきれずに、スタンレーは走りより、「ロスフィールドはどうした？」と囁《ささや》いた。

「…アリスティアが、なにか？」

「さっきまで俺の所に居たんだけど、俺が現場に呼びだされたんで、あんたのツインタワーへ行ったはずなんだ」

一瞬にして、ジンの周りを、冷気が取り巻いたようになった。

「どれくらい前ですか？」

不安になったスタンレーは、部屋の時計で時刻を確かめ、逆算した。

「一時間以上前だ」

「アリスティアは来ていません」

二人ともが、凍りついたようになった。そのためにか、ジョナサン・スミスが扉の陰で聞き耳を立てているのに、気がつかなかったくらいだ。

「ロスフィールドに連絡とってくれ…」

スタンレーに言われるよりも早く、ジンは携帯電話を取りだしていた。

だが、ロスフィールドの自動車電話から自宅、ツインタワーと、スタンレーのアパートに引かれている固定電話にも架けてみたが、誰も出ない。

「携帯の電源が切れています」

ジンの声が慄《ふる》えている。スタンレーはもう隠しておけなかった。

「あいつは普通じゃなかった。ミランダを殺したのは自分だと俺に言いに来たんだ。俺は信じなかったけど、さっき、ミランダの肛門《こうもん》内から見つかった体液からAB型Rhマイナスが検出された」

スタンレーが言い掛けた瞬間、ジンは、ハッとなり、驚きに洩《も》れてしまう声を抑えるかのように、自分の口許《くちもと》に手を当てた。

「犯人はAB型のRhマイナスだったのですね？　アリスティアはそのことを知っているのですか？」

「…いや、まだ知らない…はずだ。それに、その血液型の奴が犯人かは確定じゃない。ただ、レイプされたミランダから、俺でもマークでもない血液型が見つかったってだけだ」

スタンレーらしくない、結論から目を逸《そ》らしたいがための曖昧《あいまい》な言い方に、いつもならばジンの突っ込みが入りそうものだが、今は違っていた。

「それで、犯人との感応の仕方が深かった理由が判りました…。アリスティアと同じ血液型だったのです…」

意外なジンの言葉に、スタンレーは驚いて訊《き》き返した。

「なんだよ、血液型が同じ奴だと、ロスフィールドは感応しやすいのか？」

「前に一度だけ、レィヴァンソールは、レィヴァンソールという都市で経験しています…」

レィヴァンソールは、観光地だった。なにが起こったのかを、スタンレーは知りたいと思ったが、今はそれどころではなかった。

「ロスフィールドを捜し出してくれ、あいつは、自分が犯人だと思い込んでるんだ。血液型まで同じだと知ったら、もっと追い詰められちまう……」

血液型が同じでも、DNA鑑定で別人だと証明できる。だが、鑑定結果は直ぐには出てこない。

「あなたは、アリスティアが犯人ではないと思うのですか？」

ジンに訊かれて、当たり前だと答えたスタンレーは、誰かに聴かれては困るとばかりに、声を落とした。

「犯人じゃないと俺が証明してやる。だから早くロスフィールドを捜してくれよ、ジン、あんたなら出来るんだろう？ セックスの時にあんたとは融合できるって言ってたぜ、なんだっけ『私は貴方、貴方は私《ドッペルイッヒ》』とかなんとか、その能力で捜し出せないか？」

――不吉な予感がする、とまでは続けられなかった。ジンも、感じているだろうからだ。

「無理です。わたしには、アリスティアのような能力はないのですよ」

怒ったように言い捨てたジンが、身を翻し、ドアを開けるとほとんど同時に、ジョナサン・スミスは、驚くほど身軽に巨体を退かせ、その場から離れていた。

「ドクター、どうしました？」

さらには何食わぬ顔で、声を掛ける。そのスミスを振り返り、ジンは、申し訳程度に頭を下げた。

「失礼、急用が出来ましたので帰らせていただきます…」

むろん、スタンレーとのやり取りを聴いていたスミスは引き止めなかったが、彼なりに、結論を出していた。

――ジン・ミサオと、ロスフィールドは肉体関係があり、その秘密をスタンレーが知っている。というものだった。

さすがのジョナサン・スミスも、スタンレーまでもが、ロスフィールドと関係があるとは、考え付きもしなかった。

20

バージルシティ大学のキャンパスがある十六区は、住宅地としての利用は少なく、夜間の人通りはほとんどと言ってよいほどない。よって、悪さをしに私立公園へ侵入する者もいない、上品な一角だ。

ロスフィールドはツインタワーへ向かう途中に思い立ち、車を運転して私立公園へ来ていた。

事件があった公園は、黄色い立入り禁止を示すテープで囲まれていたが、内へと入り、人工池に向かった。

ミランダが失った臓器を捜索する際に、池の水は抜かれ、飼われていた魚は、現在もまだ別の場所に移されたままだ。

ロスフィールドは、ゆっくりとした歩みで、目指す池の縁石へと近づくと、その前に立ち止まり、ミランダの残像を視ようとでもするかのごとく双眸《そうぼう》を細めた。

きれいに洗い清められた縁石の上では、なにも起こらなかった。

スタンレーの部屋のベッドでも同じだった。ここにも、殺されたミランダの悲鳴のひとつも、残存していないのだ。

思い切りのよい、あっさりとした性格の彼女は、自分の死をも受け容《い》れて、とどまることなく旅立って行ったのかも知れない。

『神様に愛される人は、そういうものです…』初めて、自分の恐ろしい能力に気がついた時、ロスフィールドが祖母から与えられた言葉だ。

『では、わたしは、神様に愛されない人々を視なければならないのですか？』そう訊いたロスフィールドを、祖母は悲しげに凝視《みつ》めながら、抱き締めた。

人工池の、腰を降ろせるように造られた大きな縁石へと近づいたロスフィールドは、指先で触れてみた。

やはり、なにも起こらなかった。

頭の芯《しん》が眩《くら》む、あるいは、ドンと突き飛ばされるような衝撃もなく、また、あの、異界から漂うオゾンの臭いを辺りに感じることもなかった。

縁石に指で触れていたロスフィールドは、そこに腰掛け、今度は横たわってみた。

凍てついた夜穹《よぞら》には、数える程度の星が瞬いているだけで、月も出ていない。

青白い星を見ているうちに、とろけるような眠気が襲って来た。

どれくらい眠気に支配されていたのだろうか、下腹部に鋭い痛みを覚え、ハッと眼を開けると、組み敷かれているのが判った。

自分を見下ろす、冷たいブルーの眸《め》が、見えた。

額に垂れ下がった金色の前髪と、美しく整った貌《かお》だち、見事なシルバーフォックスのロングコートを着た男が、身体の上に伸《の》し掛かっているのだ。

ロスフィールドは、自分を見ているような錯覚に捉《とら》われたが、彼が『誰なのか』は知っていた。

そして、彼が、自分に、――アリスター・ロスフィールドになりたいと思っているのだとも、判った。

彼の強い欲望が、ロスフィールドを引き寄せ、『彼に』感応させたのだ。

――人は時に、自分以外の誰かになりたいという願望を抱く。

あるいは、理想とする誰かを模倣し、その者になりきることで、自分への不満と不足を補おうとするが、その境界を越えてしまった瞬間に、正常を喪失するのだ。

腹部に圧《お》しつけられた拳銃《けんじゅう》に、力が加わった。

ロスフィールドは、彼に自我を取り戻させるために、名前を呼んだ。

「ルイス、……ルイス・クウェンティン…」

夜風に、金属的な匂いが混じっていた。

FILE 7 採集家――コレクター

1

当夜

アリスター・ロスフィールドは、目の前に迫った男を見て、彼の名前を呼んだ。

「ルイス・クウェンティン…」

豪奢《ごうしゃ》なシルバーフォックスのロングコートに、髪の毛をゴージャスブロンドに染めたルイスの双眸《そうぼう》に、奇《あや》しい光が燿《かがよ》うていた。

もう一度、抑揚をつけて、ロスフィールドは問いかけた。

「ルイス・クウェンティン、こんな場所で、なにをしているのだ？」

ロスフィールドを模倣したい男であるルイスは、限りなく常軌を逸していたが、まだ最後の正気を失ってはいなかった。

名前を呼ばれたことで、双眸《そうぼう》に焦点が戻って来た。

「君が公園へと入って行くのが見えてね、それで追いかけて来たんだ」

スタンレーのアパートから、彼が跟《つ》けてきたのだと、ロスフィールドは見当をつけた。

今はもはや、ルイス・クウェンティンのような男の行動パターンは、理解できた。ほとんど、手にとるように、——一体化できるかのように、判った。獲物を選んで忍び寄る。機を狙って手に入れるのだ。

「そこで、女が殺されたんだよ」

池を巡る縁石に横たわるロスフィールドを見て、どこか面白がっているようなルイス・クウェンティンの声。

「知っているよ」

ロスフィールドは軽く受け流した。すでにもう、ルイスがミランダを殺し、僅《わず》か数時間前にマーク・ハイツも殺したのだと判っていた。

「気味悪くないのかい、ゴードン。いや、アリスター・ロスフィールド警視と呼んだ方がいいかな？」

ルイスの口許《くちもと》にも、奇《あや》しい笑みが浮かんでいる。

「さあ、立ちあがって僕と一緒に来てもらうよ。けどそのまえに、まず両手を後ろに回すんだ、武器は持ってないだろうね？」

「持っていないよ」

起きあがったロスフィールドは答えると、腕を背後に回し、ルイスが取り出した手錠によって、囚《とら》われるがままになった。

だが、最悪を想定しながら生きてきたルイスは、用心深く、なおも警戒を怠らなかった。手早くロスフィールドの身体を探って、携帯電話を奪い、武器を保持していないかを確かめた。

「なんでかな？　警視ともあろう者が、拳銃《けんじゅう》も持たないのかい？」

警戒が解けたルイスの声音に、落胆が混じっている。彼は、もう少し手応《てごた》えが欲しかったのだ。

「管理職になると、真っ先に取りあげられるのだ」

ロスフィールドは答えてから、今度はルイスに向かって尋ねた。

「……しかし、わたしはいつ、君に気づかれてしまったのだろうか？」

手にした拳銃の先で、前を歩けと促しながら、ルイスはロスフィールドの疑問に答えた。

「ディナーショーの後に君の車を見て、ナンバーから調べてみたのさ。驚いたよ、バージルシティ警察の警視だったとはね。なんで偽名を名乗ってたんだ？」

ルイス・クウェンティンは各所に伝《つて》があり、現在《いま》はゴードンがアリスター・ロスフィールド警視である真相を突き止めただけで、満足している様子だ。

だが、あの夜、エドモンドホテルからロスフィールドを尾行していたルイスなのだ、粘着気質の彼ならば、知り得た情報を無駄にはしないだろう。

いずれ、アリスティア・マクレランへ辿《たど》り着くだろうが、まだ猶予はありそうだった。

差し迫ったルイスの質問に対して、ロスフィールドは、はぐらかさずに打ち明けた。

「シンディ・ウェイド事件の囮《おとり》捜査中だったのだ」

世間を騒がせたシンディ事件を、ルイスは知っていた。

犯人の一人が、パーティーのウエイターをしながら、獲物を物色していたことも聞いている。社交クラブではしばらくの間、自分たちが餌食になる可能性があった――という話題で盛りあがったのだ。

「君は、囮捜査専門に仕事をしてるのかい？」

このルイス・クウェンティンの質問に、ロスフィールドは誠実に答えた。

「いいや、本来、囮捜査は違法で禁止されているのだが、スタンレーの頼みで特別に引き受けたのだ」

ディナーショーの席で、ルイスに対しアリスター・ゴードンを装っていたロスフィールドは、スタンレーを同じ大学の研究員といった意味合いで同僚と紹介し、さらに恋人と付け加えた。

その余計だったかも知れない一言が、思わぬ効果を生んだ。

「恋人の頼みで断れなかったんだね？」

ルイスは納得した様子でそう言い、ロスフィールドは認めて肯《うなず》いた。

「彼を、スタンレー・ホークを、昇進させてやりたいのだ」

ロスフィールドは、階級が離れてしまっている恋人を気遣う素振りで、ルイスにスタンレーの名前を印象づけるように繰り返した。

スタンレーならば、助けてくれるだろうと期待を込めて……。

「あそこにある僕の車に乗ってもらうよ」

駐車場までロスフィールドを歩かせたルイスは、端に駐《と》めた黒のステーションワゴンを指し示した。

「君のために特別の部屋を用意してあるんだ」

ルイスは楽しそうに言うと、脇腹に押しつけた銃口でロスフィールドを脅し、助手席に乗るように合図した。

「ところで、警視ならドアを開けて飛び降りる訓練とか受けてるのかな？　だとしても、大怪我するだけだから已《や》めておいた方がいいな」

「無駄なことはしないよ」

ロスフィールドが答えると、運転席に乗り込んだルイスが、揶揄《からか》うように言った。

「聴いて安心したよ。もっとも助手席のドアには、チャイルドロックが掛かってるんだけどね」

車を発進させたルイスは、方向感覚を失わせるための、無意味な迂回《うかい》など必要ないとばかりに、まっすぐに目的地へと向かった。

実際に、郊外へ向かって一時間ほども走り続けるうちに、ロスフィールドの方は、どこを走っているのか、判らなくなっていた。

タイヤの振動音から、舗装道路を外れたことに気づいた頃、不快な薬品臭を感じるようになった。

まだ一度もロスフィールドが嗅《か》いだ経験のない臭《にお》いであり、自然界の匂《にお》いではなかった。人為的な、悪意に満ちた臭いに感じられた。

異臭が強くなってくると同時に、闇を照らすヘッドライトの先に大きな白っぽい建物が見え、やがて廃工場に着いた。

廃工場を通り抜けた奥に建つ横並びの二軒長屋《ロウハウス》が、ルイスの隠れ家だった。


二軒が共有する内部の境界壁を取り壊して広げた部屋は、外の光が入らないように、すべての窓と、出入りに使わない方のドアを、板で塞《ふさ》いである。

「僕のアトリエだよ。気に入ってくれるといいんだけどな」

灯《あか》りを点《つ》けたルイスは、ロスフィールドに銃口を向けたまま、後ろ手にドアの鍵《かぎ》を掛け、ついでに暖房のスイッチを入れた。

内部は、左右対称にバスルームやキッチンが配置されていたが、家具や、冷凍庫と三台の大型冷蔵庫は一方の部屋にまとめて置かれ、反対側の部屋にはなにもなかった。

なにも置かれていない側は、荒廃が激しかった。

キッチンからはシンクが取り外され、ドアのないバスルームも素通しで、壁紙も床材も、ほとんど剝《は》がれるか細かくひび割れていた。

据え置きのバスタブに繫《つな》がる配水管パイプに、頑丈そうな鎖が取り付けられているのが、いかにも異様だった。

ルイスに促され、そちらの方へ向かわされたロスフィールドは、そこが、行ってはならない場所であることが判り、躊躇《ちゅうちょ》した。

身体が、重かった。

息が詰まりはじめてくる。

特に、バスルームのタイルの上には、過去、この場所に連れて来られた人々の残留思念が火焰《ほのお》となり、火柱となって噴きあがっているのが視《み》えるのだ。

ここで、何人もの人間が殺されてきたのだ。

だが、人間が、他者によって殺される時に放たれる強い憎しみ、呪詛《じゅそ》にも似た怨念《おんねん》は、ほとんど感じられなかった。

火焰をあげているのは、苦しみや後悔、悲しみ、愛する人へ発信される想いだった。

戦場の写真を視《み》る時に感じる遣《や》る瀬《せ》無さ——にも似ていると思い、ロスフィールドは近づきたくなかった。

畏《こわ》かったのだ。

絶対に、なんらかの影響を受けるだろうと、判っていたからだ。

ロスフィールドが火中に身を投じる事態となる寸前で、ルイス・クウェンティンが呼び止めた。

「服を脱いで、君の裸を見せてくれないか」

そう言ってから、手錠を外してロスフィールドを自由にすると、ルイスは拳銃を使って脅した。

「早く僕の言う通りにするんだ。できるだけ、君を傷つけたくないからね」

ルイスは、ロスフィールドがコートを脱ぐのを横目に見ながら、慎重に移動して、キャビネットに仕舞っていた革製の首輪を取ってきた。

捕らえた獲物一人一人に合わせて新調する首輪だったが、ルイスがロスフィールドに選んだのは、皮膚色《ベージュ》をした細めの物で、中に二筋のワイヤーが塡《は》め込まれていた。

「気に入ってくれるといいな、君のために、あちこち捜し回ってようやく見つけたんだよ」

全裸になったロスフィールドに近づいたルイスは、ほっそりと長い首に添わせて首輪を嵌《は》めると、後ろで鍵を掛け、バスルームのパイプに繋がる鎖と繋いだ。

「よく似合うよ、鏡がなくて見せてあげられないのが残念だな」

ルイスはようやく拳銃《けんじゅう》をおろし、あらためてロスフィールドと向き合った。

この頃には、ヒーターが効いてきて、部屋の中に存在する様々な異臭が、いっそう感じられるようになっていた。

なかでも、黴《かび》の臭いにも似た死者の気配が、強く漂っている。

気にならないのか、気づかないのか、慣れてしまっているのか、ルイスは捕らえた獲物――全裸にさせたアリスター・ロスフィールドを、眺める行為に熱中している。

「僕は、美しいものは、大好きだよ」

ロスフィールドの肌は、蒼白《あおじろ》いほどだが、均整のとれた肉体は、完璧《かんぺき》な美を追求した芸術家が創造したかと思われるほど素晴らしく、ルイスを満足させた。

「脚を開いて…」

蹴《け》られる心配がない訳でもないが、むしろルイスはそのスリルを愉《たの》しみながら、甘ったるいような蜂蜜《はちみつ》色に隠されたロスフィールドの前方に触れてみた。

「彼に…あのスタンレーに、しゃぶらせてやってるのかい?」

舐《な》めるようにロスフィールドを眺めていたルイスだったが、やがて、心底申し訳なさそうな口調になった。

「残念だが、いくら君が相手でも、男とやる趣味はないんだ」

彼は、風船を膨らませれば穹《そら》にあがれると信じている子供に、空気では駄目で、ヘリウムガスが必要なのだから諦《あきら》めるんだと教えなければならない時のような優しさと、労《いたわ》りを込めて言った。

「僕は君を楽しませてはやれないけど、その埋め合わせはするよ」

それからルイスは、ドアを取り払ったバスルームの方へと行き、バスタブのコックを捻《ひね》って、ふんだんに湯が使えることを示した。

「バスもトイレも自由に使えるよ、タオルと歯ブラシはそこにあるけど、石鹸《せっけん》はないよ。前に飲んで自殺しようとした者がいたからね、コップも凶器になるから置いてないんだ」

藤紫色《ロイヤルブルー》のフェイスタオルと歯ブラシが、鏡のない洗面台に置いてある。ルイスが、ロスフィールドのために選んだ物だった。

「わたしを、どうするつもりだ？」

バスルームの周辺――パイプに繋がれた鎖の範囲内に渦巻く気配からも察せられてはいたが、ルイスが自分を監禁し、弄《もてあそ》ぶだけではないと判って、ロスフィールドは問いかけた。

「スケッチするだけだよ」

すると、事も無げに、ルイスは答えた。

「毎日、君をスケッチしてゆく、死ぬ瞬間までね…いや、死んだ後も、腐ってゆくまでかな…」

それでロスフィールドは理解できた。

今までの犠牲者たちは、永い時間をかけて殺されてゆくうちに、ルイスに対する憎しみよりも、我が身に降り懸かった悲運と、愛する者たちに逢《あ》いたいという思慕の方が優《まさ》り、現場に遺《のこ》ってしまったのだ。

「信じてないのかな？」

納得して黙ったロスフィールドを、ルイスは別の解釈に受けとった。

ゆえに、わざわざキャビネットからスケッチブックを取り出してくると、ロスフィールドの前で最初の一冊を展《ひろ》げた。

「去年の秋に描いたものだよ。マシューはダンサーを目指してる男でね、僕がよく行くブティックで働いてたのさ、脚が綺麗《きれい》で、尻《しり》の形が素晴らしかったんだ。だから選んでやったんだよ」

スケッチブックには、鎖に繋がれた白人男性が、食物を与えられず、次第に肌が張りを失い、日に日に弱って行く姿、特に下肢だけを描いたデッサンが何枚にも渡って続き、奇妙な形に歪《ゆが》んだところで終わっていた。

食物がなければ、人間は七日間ほどで死ぬ。水があれば、それでも四十八日近く生存したという記録がある。

「マシューのような肉体を造るには、何年もかかりそうだよ」

飢餓状態で十二日目に死んだ青年は、臀部《でんぶ》の肉をごっそりと抉《えぐ》り奪《と》られた挙げ句に、その後もルイスによって執拗《しつよう》なまでに記録されていた。

発現《はつげん》した死斑《しはん》の様子。

硬直が緩解《かんかい》し、腐敗変色と膨脹が起こった死後六日の姿。

さらには、死体の表皮に水泡が生じ、臓器に膨満《ぼうまん》したガスが、腹部を破裂させたのが三週間後。

四週間目には、破裂した軟部組織が液化している。

臭いは凄《すさ》まじかっただろうが、ルイスが嬉々《きき》として、スケッチを続けたことが伺われる。

そこには、純粋なまでの、欲望が込められていた。

自分が理想的とする美しいもの、憧《あこが》れるものを、手に入れ所有したいという想《おも》いが高じて、同化したいとまで思い込んだ男の狂気が、宿っているのだ。

死体や現場写真を見慣れているロスフィールドだったが、死者の苦しみや痛みばかりでなく、肉筆に籠《こも》ったルイスの歓喜も強く感じられ、酔いそうな気分になっていた。

封印するようにスケッチブックを閉じたロスフィールドを、ルイスが凝視《みつ》めていた。

「いま、凄《すご》くいい貌《かお》をしてたね。なにを考えていたんだい？」

ルイスの手には、真新しいロイヤルブルーのスケッチブックが握られている。

「——いや…なにも…」

ロスフィールドは、自分を抑えるように、頭を振った。

「そうかい？　じゃあ、記念すべき今日の日付を入れて、最初の一枚を描こうか」

愉しそうに言ったルイスは、アリスター・ロスフィールドの名前が記された堅い表紙をめくり、スケッチに取りかかった。

「君を手に入れられる日が、待ち遠しかったよ。ところで、整形はしてないね？」

「ああ、していない…」

否定を聞いたルイスは、感嘆に呻《うめ》いた。

「この貌を、僕がもらう」

それからルイスは、これから自分が告げる言葉に、アリスター・ロスフィールドの美しく完璧な貌、青いダイヤモンドの瞳《ひとみ》がどう反応するかを、余すところなく眺めようとした。

「君は、すべてを僕に譲り渡した後で、死ぬんだよ、マシューのように……」

奇しく双眸《そうぼう》を輝かせるルイスを、ロスフィールドは上目遣いに凝視《みつ》め返した。

「なぜ、ミランダを殺したのだ？」

薄いブルーの瞳を瞠《みひら》いて、ルイス・クウェンティンは、ロスフィールドと眼を合わせた。

予想外の反応だったからだ。

「知ってたのか？　君以外にも、誰か知ってるのか？」

警戒に、ルイスの声がささくれだっている。ロスフィールドは、自分への一撃にもなり兼ねない一言を、口にした。

「いや、気づいたのは、わたしだけだ。それも、公園で君の顔を見た時に、判ったのだ…。どうして、ミランダを殺さねばならなかったのだ？」

するとルイスは、鳩の鳴き声にも似た笑いを立てた。

「いやだなぁ、君のために、殺してあげたのに……」

嘲笑《ちょうしょう》混じりの声が、歓喜に慄《ふる》えている。

「わたしのため？」

聞き咎《とが》めたロスフィールドが繰り返すと、ルイスは頷《うなず》きながら答えた。

「そうだよ、君の恋人が、あの女と浮気してるの知ってたかい？　ディナーショーの後に、大声で、当て付けるように言ってたじゃないか──…」

次にルイスは、下手な声色《こわいろ》を使って、ミランダを真似た。

「明日はオフよ、夜、あんたのアパートへ行くわ。…だから僕は、あの女を彼のところへ行かせないようにホテルで見張ってたのさ」

確かにミランダは、エージェントのマーク・ハイツに聞こえよとばかりに声を張りあげたのだ。楽屋の扉は開いていて、他にも大勢の耳に入っただろう。

「いい加減な時刻《ころ》、あの女がマークと喧嘩《けんか》したとかでバーへ行くのが見えたから、わざわざ付き合って、運転できなくなるほど酒を飲ませたのに、結局はマークの奴が、ご機嫌取りにアパートまで送って行ったんだ。僕にはあいつらの考えが理解できないね」

木曜日の夜、スタンレーのアパート近くで見張っていたのは、マークだけではなかったのだ。ルイスもまた、潜んでいたのだ。

──今夜も……。

「だから、あの女に思い知らせてやろうとしたら、死んでしまったんだけど…それで良かったんだよ。君のためなんだよ」

「そしてマーク・ハイツに罪を着せて、彼も殺したのだな？」

ルイスはまた眼を剝《む》いてロスフィールドを見たが、口許《くちもと》が笑っていた。

「驚いたな、なんでもお見通しという訳だ」

心に感じている悲しみを漏らさないように、ロスフィールドは貌《かお》をあげ、ルイスを凝視《みつ》めた。

「運命を受け容《い》れるよ、ルイス・クウェンティン。わたしのせいで、ミランダとマークが死んだのだ。だから、わたしも君に殺されよう……」

乾いた笑いを、ルイスが放った。

「本気かい？　だったら、君に惚《ほ》れ直したよ」

ルイスは、ロスフィールドが自分の身に起こった出来事を本気にしていないのだ。まだ、感覚が麻痺《まひ》しているのだ──と思った。

過去、彼がここに連れ込んだ多くの男たちもまた、すぐには自分のおかれた状況を理解しなかったものだ。

あるいは、必ず救出される映画の主人公たちのように、もはや優秀な警察がこちらを目指して近づいていると信じていた。

気力が萎《な》えるのは、空腹になってからだが、それからは、叫び、罵《のの》り、哀願をはじめる。取り澄ましたように美しく、気品を漂わせるロスフィールドが喚《わめ》きだすのは、明日くらいだろうか――と、ルイスは見当を付けた。それとも、職業柄パニックを起こさない訓練を受けているのかとも考えた。

「君が警視だなんて、いまだに信じられないよ。でも、市警察の警視にしては羽振りが良さそうだな、高級車に乗って、ツインタワーに出入りしてるなんて、社交クラブでは、親が油田を持ってる金持ちって言ってたけど、本当だったのかい？」

公園の駐車場に置いてきたエメラルドブラックのメルセデス。最新型で、ゆうに十五万ドルはする車と、富の象徴でもある六区のツインタワーを、ルイスは想い浮かべている様子だった。

ルイスと同様に、ロスフィールドも現在、六区に聳《そび》えるツインタワーの主を想っていた。

ジン・ミサオ。

死を覚悟したロスフィールドに必要なのは、スタンレー・ホークではなくなり、ジン・

ミサオとなったからだ。

「ルイス、君も知っているように、ツインタワーの持ち主は日本人で、ジン・ミサオという名前なのだが…」

犯罪学者のアルフレッド・ヒューム教授にルイスが問い合わせ、彼が話さない限り、まだ素性を知られる心配はないロスフィールドが、賭《かけ》に出た。

「わたしが金持ちに見えるのは、そのジン・ミサオから、経済的な援助を受けているからだよ」

瞬間、ルイスが癇性《かんしょう》の反応を示したのが判り、さらにロスフィールドは彼を煽《あお》った。

「彼のセックスに奉仕して、わたしは金をもらっているのだ」

「なんでそんな浅ましいまねをする？」

ロスフィールドを模倣したい男であるルイス・クウェンティンにとっては、耐えがたい告白だろう。

「身についた生活を変えるのは難しい。かつて、両親には財産があり、わたしは不自由なく育ったが——…」

問われたロスフィールドは、ルイスがマクレラン一族について知った時に言い訳ができるように、答えた。

「現在は、必ずしもそうとは言えないからだ……」

付け足した部分は嘘だったが、ロスフィールドがパトロンを必要とする理由を、ルイスなりに理解した。

「恋人がいながらも、君は金のためなら別の男とも寝るという訳か？　それも、日本人なんかとッ！」

双眸《そうぼう》に昏《くら》い光を宿したルイス・クウェンティンから、隠せない憎しみが漂って来た。

これで、ルイスはジンに対してなんらかの行動を起こすだろう。ロスフィールドは、待っていればよかった。

ジンを巻きこみたくはなかったが、死ぬ時は一緒だと誓い合ったのだ。せめて彼には、最期を見取って欲しいのだ。

ルイスが放つ憎悪の波動は遣《や》り過ごせたロスフィールドだったが、バスルームからは遠ざかっていたかった。

けれども、身体の奥深く——心の底からは、その場へ行って、死者の気配をたっぷりと味わってみたい欲望が衝《つ》きあがってくる。

この強い衝動を、自分の裡《なか》で抑え殺すことが、いずれ困難になるだろうと判っていて、微《かす》かに、慄《ふる》えた。

2

二日目　午前

捜査課大部屋を満たす喧騒《けんそう》の中を横切って、スタンレー・ホークは、内部管理課のガラスドアを押し開けた。

「フランクッ」

主人の居ない管理課の奥にあるドアは開いており、そちらは、フランク・サイト警部補のオフィスだった。

「どうしたんです？　スタンレー…」

ただならないスタンレーの剣幕に驚いたのか、フランクは赤褐色《レンガ》の上着を手にしたまま、オフィスから出て来た。

フランク・サイトが、どうしてそんな色の上着を好むのか、スタンレーに理解できなかったが、赤毛と相殺し合う作用があるようにも見える。

「その顔、なにがあったんです？」

瞠《みひら》かれたハシバミ色の瞳《ひとみ》に映る自分の顔を、スタンレーは想像する間もなかった。

「寝てないだけだ。それよりも、ロスフィールドはどうした？」

まだフランクは昨夜の報告を受けていないのだ。

「今朝、ドクターの方から、警視は具合が悪いので、しばらく休むと連絡が入りましたが」

噛《か》みつくように、スタンレーが捲《まく》したてた。

「ジンが連絡してきたのは、いつだ？」

「十分ほど前ですが、なにかあったんですか？　ドクターも今日は休暇を取ると言っていましたけど…」

「フランキー、携帯貸してくれ、ジンに電話したいんだ。早く、早くしろよ、俺のは充電切れてるんだよ」

訊《き》かれる事柄にはなにひとつ答えずに、スタンレーは彼を急かして携帯電話を受け取ると、ジン・ミサオへ架けた。

「ジン、俺だ、スタンレーだけど、ロスフィールドは見つかったのかッ？」

傍らでフランク・サイトが聞き耳を立てているのも構わず、スタンレーは電話に出たジンに怒鳴った。

「ま、まだ見つからないって、どういうことだよッ！」

『怒鳴らないでください。昨夜、あなたのアパートへ行ってから、まだ戻って来ないということです』

「戻って来ないって、八区の家はどうなんだ？　向こうに帰ってるかも知れないだろ？　もしかしてケンカ、したか？」

『あなたとの浮気を、責めたことはありませんよ』

「……ロスフィールドは悩んでた……」

フランクを意識してこれ以上は口にできないスタンレーに、電話の向こう側からジンが、答えた。

『アリスティアは、最初から犯人に感応していたのです…』

「まさか、思い詰めて…」

『滅多なことは言わないように。しかし、アリスティアの身になにかが起きれば、わたしには判ります…』

現在、ジン・ミサオが味わわされているもどかしさが、スタンレーにも感じられて来た。

『悔しいですね、わたしには、それしか判らないのです…。ですが、アリスティアのことは、わたしに任せて、あなたはミランダの方を解決させて下さい。いいですね…』

言うなり、ジンは電話を切ってしまった。

「なにが起こってるんです？」

フランク・サイトは携帯電話を返されたと同時に、スタンレーに詰め寄ろうとしたが、咄嗟《とっさ》に口を噤《つぐ》んだ。

ドア越しに、捜査支援課のジョナサン・スミス警部が見えたからだった。

形ばかりのノックの後で、巨体をよじらせるようにスミスはドアを潜り抜け、ロスフィールドのオフィスに入ってきた。

スミスは敏感に、自分を迎えた二人が、なにかしらかの連携《れんけい》を組んでいることに気がつき、その正体を探ろうとでもするかのように言った。

「警視の車が、十六区の私立公園で見つかった。犯人は現場に戻るということかな？　スタンレー…」

「スミスッ、ロスフィールドが犯人と決まった訳じゃないだろう！」

瞬間沸騰したスタンレーが、スミスに摑《つか》み掛かろうとするのを、背後からフランク・サイトが制止した。

「や、止めなさい、スタンレーッ」

「落ち着け…」

自分がスタンレーを煽っておきながら、スミスは穏やかに付け加えた。

「車が見つかっただけだ。警視の姿はない。公園内を捜索中だが、現在《いま》のところ発見されていない」

まるで、死体を捜しているかのような言い方だ。

目の前の肥《ふと》った男を殴らないですむように、スタンレー・ホークは自分から距離を取った。

これ以上、ロスフィールドのことで熱くなっている姿を見せてはならないと、頭の裡《なか》で警報が鳴っている。

冷静でいなければ、ジョナサン・スミスに気づかれてしまうだろう。

スタンレーがアリスター・ロスフィールドに惚《ほ》れていて、肉体の関係がある事実は、隠し続けなければならない秘密なのだ。

もはや本気の恋だからだ。

「お二人とも、なにが起こっているのか、わたしに判るように説明してください」

もう一人、無視できない男、ロスフィールドの秘書的存在であるフランク・サイトが、当然の権利を行使するとばかりに口を挟んできた。

フランクの追求心は本物で、彼は邪魔が入らないように、オフィスのドアに鍵《かぎ》を掛けてしまったほどだ。

「いいだろう。俺も、もっと知りたい内容《こと》があるからな、いいかスタンレー、俺を抜きにするなよ」

いつの間にか、スミスとフランクが連帯を組んだように、スタンレーには見えた。

だが、フランクへの説明は、ジョナサン・スミスがおこなった。

マーク・ハイツがミランダ殺しを認め、昨夜自殺した。

彼の宿泊するホテルの一室には、凶器とミランダの欠損部位があったが、遺体の肛門《こうもん》から採取できた体液を調べた結果、AB型Rhマイナスが検出されていた。

ミランダは殺される前に、AB型の男と肛門性交したと思われるが、マークの血液型は、A型なのだ。

マークの死にも、不審なものが感じられる。

そして、スタンレーが推理した、ミランダの臓器摘出は売買が目的ではなく、犯人が自分の血液型を隠すための手段だったのではないかという説が、有力になってきた。

AB型Rhマイナスは、バージルシティでは人口の四パーセントにも満たない少数派だ。

そうしているうちに、ミランダと接点のある人物の一人ロスフィールドが、AB型Rhマイナスと判った。

ロスフィールドは、昨夜から行方知れずだったが、今朝になり、閉鎖された私立公園の駐車場に車が放置されているのが見付かった。

「なぜ、警視の車が駐車場にあったのかが問題だな。そして、どこへ行ったのか…」

スタンレーは、ロスフィールドの潔白をスミスに証明しなければならない必要性を感じ、黙っていられなくなった。

だが口を開く寸前で、内部管理課室のドアが叩《たた》かれ、ガラスの部分からスミスの部下であるハーディ・ミルズ刑事の顔が見えた。

三十代後半のハーディは、銀髪に、大きな眼の、痩《や》せた白い兎みたいな印象の男だが、いま、自分だけ中に入れてもらえずに、締め出しを食らったような顔をしていた。

「直ぐ行く」

聞こえるように怒鳴り、ドアへ向かおうとしたスミスの前に、スタンレーは素早く回り込むと、立ち塞《ふさ》がった。

「待てよ、スミス、ロスフィールドのことは」

スタンレーが自分に頼んでいるのだと感じ、スミスは頷《うなず》いた。

「迂闊《うかつ》なことは言わないさ、それに無事を祈ってる。だから、お前も協力しろよ、スタンレー…」

「判った…」

その答えを聴いてから、大きな手で彼の身体を押し退けるようにして、スミスは出て行った。

すかさず、フランク・サイトが鍵を掛け直し、スタンレーに向き直った。

「わたしには、もっと詳しく話してもらえるんでしょうね？」

顔を近づけてきたフランクの声音は、いつになく、低く、厳しいものだった。

「スミスが説明した内容以外に、なにが知りたいんだ？」

警戒を顕わにするスタンレーを、今度はフランクが責めるように見た。

「わたしに判っているのは、このオフィスの主人で、今日も、わたしがサインをもらわなければならない人が、昨日から行方知れずであるばかりでなく、どうやら、事件に巻き込まれたか、事件の加害者になっているかも知れないという内容だけです」

「ロスフィールドは関係ない」

そのような疑いすら抱いて欲しくないと、スタンレーは鋭く遮った。

「ミランダを殺した犯人は、昨日の夜、マークに罪を着せて殺した奴だ。その時間、ロスフィールドは俺と一緒だったんだ」

「あなたは、警視のアリバイ造りのために利用されたのかも知れませんよ、スタンレー・ホーク…」

当事者でなければ、同じ疑いを抱いただろうが、スタンレーはフランク・サイトに怒鳴った。

「俺はッ、自分がミランダを殺したかも知れないと思い詰め、告白しに来たロスフィールドを相手にしてたんだぞッ」

　スタンレーは険悪になってゆくが、フランクの方は聞き捨てならないと、問い返して来た。

「殺したかも知れないと思い詰めていた？　つまり、警視が犯人の可能性もあるということですね？」

「ロスフィールドが殺《や》ったんじゃない」

「落ち着いて、あなたらしくもない。でも、ロスフィールド警視であって、警視でない者、…例えば、誰かに憑依《ひょうい》されての犯行だったとしたら？」

　シンディ・ウェイド事件の時に、ロスフィールドの憑依を見ているフランクは、彼なりに、その超常現象を調べていたのだ。

　スタンレーは、フランク・サイトの言葉を打ち消せなかった。

　確かに、ロスフィールドは三十六時間の記憶がないと訴えて来たのだ。

「思い詰めて、自殺…なんておそれはないでしょうね？」

　次にフランクから洩《も》らされた危惧《きぐ》を、スタンレーは否定した。

「いや…そんなはずはない」

　死ぬのならば、ジン・ミサオと一緒のはずだ。なぜか、そういう強い予感がある。

「ではまず、わたしたちの間で警視に対する考えをはっきりさせましょう」

　いきなりフランク・サイトが持ち掛けてきたので、スタンレーは言い切った。

「俺は、ロスフィールドを信じてる。あいつはミランダを殺してない」

「あなた方が昨日、アパートでなにをしたのかは知りませんが、警視の体液が付着しているものが残っている可能性はあるんじゃないですか？　それとミランダの体内から検出されたものと比較してみれば、一つの結論が出せますよ」

遠回しな言い方をしたフランクに、スタンレーは頭を振って否定を返した。

「なにもない。ロスフィールドが全部片付けて行った。とっくにアパートの地下で圧縮されたゴミに変わってるよ」

濃厚なセックスの後、スタンレーが心地好《よ》くまどろんでいる間にロスフィールドは身仕度を整え、すべてを片付けてしまったのだ。

彼の潔癖症的なところが、今は恨めしいほどだ。

「では、警視はなぜ、あなたのアパートから公園へ行ったのでしょう？　それも深夜…」

フランクが話題を変じたので、先ほど、彼から出た『憑依』という発想を念頭にいれ、スタンレーは推理した。

「俺のアパートにいる時に、スミスの電話でマーク・ハイツの自殺を報《し》らされたんだ。多分、俺の様子から、なにか不審なものを感じたのかも知れない…それでロスフィールドは、ミランダが殺された場所で、もう一度確かめようとしたんじゃないかと思うんだ」

ロスフィールドが公園へ行ったのには、理由があるはずだ。

だが昨夜のロスフィールドは、頼りにするジン・ミサオに黙ってスタンレーの元を訪ねてきていた。

ジンが居ない状況で、自ら進んで感応を受けようとするとは考えられない。

『憑依』あるいは『心霊鑑定《サイコメトリー》』という超常現象を引き起こす彼は、強い思念に同調することで自分が自分でなくなり、戻れなくなるのをもっとも警戒し、恐れているからだ。

「でも、ロスフィールドは現場でなにかを視《み》たのかも知れない。犯人の顔とか、なにかそこへ繋《つな》がるものとか、あるいは、ミランダの記憶とか…」

「非科学的で、説得力はありませんが、話を続けてみてください」

いちいち気に障るフランク・サイトだが、スタンレーは諦《あきら》めて自分の考えに集中した。

「実はロスフィールドに、解剖前のミランダに触ってもらったんだが、その時は、なにも起こらなかったんだ。だから現場に戻って、自分なりにもう一度試してみたんじゃないか？」

スタンレーは、恐ろしい考えに行き当たった。

「それで、犯人が判って、なんらかの行動を起こそうとした結果、逆に連れ去られたのかも知れない。車が駐車場に置き去りになってただろう？」

「待って下さい。その時間に犯人が、——マークを殺したばかりの犯人という推理ですが、タイミングよく公園にいたというのですか？」

殺人を犯した後の高揚感に酔ったまま、前の現場へ戻り、成功した過去の手際を繰り返し味わおうとする連続殺人犯は、今までにもいた。

それは、『今日の犯行現場』で陶酔することの危険性が判っている者で、それぞれ想い出の地を巡回して、いずれ『今日の犯行現場』にも戻って来る。

「マークがホテルの三階から飛び下りたのは、十九時頃だそうだ。俺がアパートに戻ったのもその頃で、ドアの前でロスフィールドが待ってた。現場のスミスから電話がきたのが二十二時だったから、ロスフィールドが帰ったのはもっと後だろうし、八区の家に戻るには十六区を通るからな、マークを殺した奴が、公園で追憶に浸っている時刻だったかも知れない……」

「もし仮に犯人が公園にいて、特別な能力のある警視に、自分の犯行を気づかれたと判ったら？」

フランク・サイトが最悪を口にする前に、スタンレーは否定した。

「ジンは、まだロスフィールドは生きてると言っていた——…」

いきなりスタンレーは、デスクの電話を取ると、警察庁舎ビルとは別棟にある科学捜査室へ内線を入れ、主任補佐のサイモンを呼び出した。

「今すぐ、十六区の私立公園へ行って、ロスフィールド警視の車があった周辺をさらってくれないか。できれば駐車場全体がいいんだ、荒らされないうちに、すぐに頼む。なあ、頼むよ、な…あ、恩に着るからさッ」

多忙を極める科学捜査室のサイモンが、渋りながらも承諾してくれると、スタンレーは急いで受話器を戻し、フランク・サイトに向き直った。

「フランキー、お前はどうなんだ？　ロスフィールドを犯人だと思ってるのか？」

「まさか、警視を信じてますよ」

なぜそんなことを聞くのだと、フランクの声には抗議じみたものすら混じっている。

「だったら、くどくど俺に言わせるなよ」

気分を害しかけ、唸《うな》ったスタンレーだが、直ぐ、次の行動に移ろうとした。

「グリンジャーのところへ行ってくる」

出て行きしなに、「スタンレーッ」とフランクに呼ばれ、振り向くと銀のアルミ箔《はく》に包まれたチョコレートが一粒、飛んできた。

「なにか食べて、少し休まないと…、ミランダに続き、警視のことで感情的になり過ぎてますよ」

忠告を受けたが、スタンレーは手にしたチョコレートを革製外套《がいとう》のポケットにしまって、オフィスから飛び出して行った。

直感力と、機動力を持ち合わせ、怖い物知らずのスタンレー・ホークが、今は壊れかかっている気がして、フランクには心配だった。

3

二日目　午後

ゆったりとしたビロードレザーの寝椅子に横たわり、エステシャンから美顔マッサージを受けていたルイス・クウェンティンは、パックを施され、しばらくの間を独りきりで置かれた。

伯爵のエステティックサロンでは、ルイスは特別の上客で、彼専用の個室があるのだ。

今日のルイスは、満たされていた。

二十八区にある緑の森公園《エメラルドフォレスト》近くのマンションに戻ったのは朝方だったが、三時間ほどぐっすり眠り、起きて熱いシャワーを浴びながら、鏡張の浴室で自己性愛《オートエロティズム》に耽《ふけ》った。

自慰のための空想世界は、ルイスに必要はなかった。

彼は、同性愛者ではなかったが、異性愛者でもなかった。完全な、自己愛にのみ生きる男で、いまだかつて、自分以外の者とのセックスで絶頂を感じた経験はなかった。

むろん、美しい者ならば、男も女も好きだったから、人付き合いはよい。良過ぎる程だが、関係は深まることがなく、いつの間にか、終わってしまうのだ。

朝食の後は、最近の日課をこなした。

六十区にあるスタンレーのアパート近くへ行き、運河の向こうから双眼鏡を使って出勤する彼の姿を眺めるのだ。

今朝、路上駐車のムスタングはなかった。スタンレーは、昨夜飛び出して行ったきり戻っていないか、それとも、ルイスが満ち足りた時間を過ごしている間に出勤してしまったかのどちらかだった。

マーク・ハイツの死が、警察を騒がせているのは想像できる。

スタンレーを観察するのは諦めなければならなかったが、もう一人の男、ジン・ミサオを見に行くことにした。

彼の存在を知ってしまった現在《いま》となっては、その男の方が、ルイスにとってより重要な気がしていた。

観光名所になりつつあるツインタワー周辺には、オープンカフェが集まっている。ルイスは、レフト側の正面玄関が見えるカフェで、それらしき日本人を捜して待った。

時間は掛かったが、ドアマンの他にフロントマネージャー直々の見送りを受け、駐車係《バレー》に正面玄関まで運転させた車に乗り込む、日本人を見ることが出来た。

直観的に、ジン・ミサオであると判った。

思い掛けないほど若く、美しい男だったのは意外だった。

貌《かお》を確かめて満足したルイスは、そのままカフェで昼食を摂《と》ってから、伯爵のサロンに寄ったのだ。

「リラックスしてるかい？」

パックを剝《は》がす時に入って来たのは、若いエステシャンではなく、フランス貴族の末裔《まつえい》で伯爵と名乗るフィリップ・ラクロウだった。

銀髪まじりのブロンドに、穏やかなグレーの瞳《ひとみ》、通った鼻筋とがっしりした顎《あご》をもった伯爵は、優雅な仕種《しぐさ》を身につけていながら、ボクサーのように肉体を鍛えている男だ。

その恰幅《かっぷく》の良い身体を最上のスーツに包み、シルクのネクタイを締めた伯爵は、横たわったルイスの顔に指を這《は》わせ、マッサージをはじめた。

彼の成功には、伯爵の称号も大きく貢献していたが、その逞《たくま》しい身体付きからは想像もできないほど繊細に蠢《うごめ》く、指の技にあった。

経営者自らの手でマッサージを受けるルイスは、二人きりだという安心感もあり、また、どうにも我慢できなくなって、告げた。

「摑《つか》まえたよ、彼を」

「危険過ぎるぞ、警視なんだろう？」

伯爵の、鼻にかかった優しげな営業用の声に、警戒が混じった。

「危険を冒すだけの価値はある男さ、完璧《かんぺき》だ」

ルイスは、ロスフィールドとジン・ミサオの関係を隠した以外、昨夜の出来事をすべて、話して聴かせた。

そして、手に入れたロスフィールドがどれくらい素晴らしいか――本物の金髪と、美しく整った貌、蒼白《あおじろ》いほどの肌は陶器のように滑らかであること、印象深いのが、金色の輪に囲まれた青銀色の瞳だと、陶酔混じりに自慢した。

特に、気品と、敬虔《けいけん》さについては、自分が原因でミランダが死んだのならば、彼女への贖罪《しょくざい》として自分も死を受け容《い》れると言ったロスフィールドの台詞《ことば》で、補《おぎな》った。

聴いているうちに、伯爵が欲望を顕にしてきた。

「犯《や》らせてくれないか？」

ルイスが自己愛でしか悦楽を得られないのと違い、伯爵はバイセクシャルな趣味の持ち主であり、刺激的な愉《たの》しみならば、どんな行為でも、一通り試さずにいられない性癖を持っている。

「君の頼みといえども、こればかりは駄目だよ。それよりも、クスリは手に入らないかな？」

素っ気なく断っていながら、自分の方の要求を口にするルイスに、伯爵は半ば呆《あき》れ気味に返した。

「簡単に言うなよ。新しい売人を捜さないとならない、マークを殺したのは痛いな…」

「殺してはいないよ。彼は、自分から飛び降りたんだからね」

想い出し笑いで、ルイスの喉許《のどもと》が上下した。

「ああルイス…、まったく、危ない男だよ、君というヤツは…」

そう言う伯爵も、面白がりながら、ルイスの——何回もの加工が加えられているために、ほとんど表情が、薄い笑みを浮かべた好感の持てる形で固まっている——顔を、念入りにマッサージしはじめた。

二人は、十数年前に知り合い、フィリップ・ラクロウは、予てからの念願だったエスティックサロンの開業資金を、ルイス・クウェンティンに用立ててもらったのだ。

ルイスにも、それなりの思惑があった。

やがて二人は、互いの愉しみを満たすための犯罪を黙認しあう間柄になったのだ。


「シャワーを浴びたのかい？」

ルイスは隠れ家に入って来るなり、バスルームの様子を見て、ロスフィールドに訊《き》いた。

「ああ…」

壁に凭《よ》り掛かったままで、ロスフィールドは答えを返した。

「余裕だね」

ロスフィールドの憔悴ぶりを感じながらも、ルイスは驚かずにいられなかった。

「ほとんどの奴らは、歯を磨いたり、シャワーを浴びたりなんてしなかったのになぁ…」

スケッチブックを持って近づいて来るルイスからは、夜気に含まれた湿り気のようなものが感じられた。

閉じ込められ、時間の感覚が狂ってしまったロスフィールドは、現在の時刻を推測しようかと試みた。

どれくらい前になるのか、必要を感じ、バスルームに足を踏み入れざるを得なくなり、恐れていた現象が起こったのだ。

『かれら』の侵入を拒もうとした結果、一瞬だったのか、数時間に及ぶものだったのか、ロスフィールドは完全に意識を失ってしまい、時間の流れを見失った。

「伯爵が君を抱きたがってるよ」

ロスフィールドの反応を窺《うかが》いながら、ルイスが持ち出した。

社交クラブのパーティーでロスフィールドに近づき、興味を示した男は二人いたが、フィリップ・ラクロウはその一人だった。

「君が、それほどフィリップ・ラクロウと親しいとは知らなかった……」

ルイスは、伯爵と呼ばれる彼に、バージルシティ警察のアリスター・ロスフィールド警視を拉致《らち》監禁している——と話せる間柄なのだ。

「親しいと言えば、親しいな。古い友人で、お互いに似たような秘密を持ってるからね…。ところで、君の方は、クラブで一緒だったヒューム教授とどういう関係なんだい？」

次にルイスの質問は、犯罪学者のアルフレッド・ヒュームに及んだ。

用心深い彼は、表面的な付き合いはあるが、犯罪学の教授とは接点を持ちたくないのだろう。ロスフィールドが、警察で囮《おとり》捜査の協力を頼んだだけだと答えると、あっさり納得した。

「マスターベーションして見せてくれないか？」

いきなりルイスが、言った。

ロスフィールドは上目遣いになり、笑い顔の男に眼眸《まなざし》をあわせた。

「見たいのか？」

「もちろん、見てみたいね」

さらにルイスは、スケッチしたいのだ。

「今は、そういう気分ではない……」

物憂げな調子だが、ロスフィールドはルイスの目を見据え、はっきりと拒絶を表わした。

「気分が乗らない？　もしかして君は、自分を、自分で愛してやった経験がないんじゃないのかい？」

見透かしたようなルイスの言葉。

ルイスの有する異常性が彼自身に与えた閃《ひらめ》き、あるいは直感を、ロスフィールドは認めない訳にはゆかなかった。

同時に、ロスフィールドは、自分が正常な男としての発達を遂げていない――と嘲笑《あざわら》われたような気持ちにもさせられた。

「ずっと、性的なことには興味がなかったのだ…」

思いがけなく、ロスフィールドから洩《も》らされた言い訳を、ルイスは興味津々で聴いた。

そして、この美しい、素晴らしい男の欠陥に触れたらしい――と気づいた。

「なのに現在《いま》は、スタンレーという恋人がいながら日本人の愛人もやってる…いや、ジンとかいう奴の方が先なのかな？　今朝、ツインタワーへ行って見てきたよ、若い男で驚いたけどね」

顔を背けたロスフィールドを笑ってから、ルイスは向かい合って床に座り込み、鉛筆を使ってスケッチをはじめた。

「ところで君は奥手だったみたいだけど、目覚めたのはいつ頃なのかな？」

手を止めずに、ルイスが問いかけてきた。

「五年前だ」

ロスフィールドは正直に答えた。

「切っ掛けは？」

「彼に、――ジン・ミサオに迫られて、抵抗できなかった…」

表情は変わらないものの、ルイスから憤怒の気配がたちのぼり、鎮まるまでに数瞬を要した。

「その時からずっと、君はその身体をあの日本人に触らせて…抱かせて、金を出してもらってるのかい？」

奥歯を噛《か》みしめたルイスの声。

「そうだ」

認めたロスフィールドに、またもルイスは怒りを感じたようだった。

彼は、手に入れたアリスター・ロスフィールドが、日本人に穢《けが》されているという事実に、鋭く反応するのだ。

「だったら、スタンレー・ホークとはいつからなんだ？」

ルイスはロスフィールドを凝視したたまま、答えを待った。

「去年の夏に、お互い惹《ひ》かれあっていたのに気がついて、愛し合うようになった――…」

まったく嘘ではない答えを、ロスフィールドは返した。

「君は、スタンレーが好きなのに、日本人の愛人をやめないのか？　金のために？　スタンレーは知ってるのか？」

ロスフィールドは、同じ言葉を何度も繰り返すルイスから、彼が感じている嫌悪の深さを読み取りながら、刺激を加えた。

「ルイス、君を失望させたかも知れないが、わたしは死ぬのだから、そのまえに正直に打ち明けたいのだ」

もう一押し、ロスフィールドは嘘と本音を混ぜ合わせ、ルイス・クウェンティンを煽《あお》った。

「最初は金のためにジン・ミサオと付き合ったのだが、現在《いま》は違う。わたしの肉体は、彼を拒めないのだ……」

「止めてくれッ」

怒ったようにロスフィールドを遮ったルイスだが、次には、悲しげな口調になっていた。

「君の口から、そんな言葉は聞きたくなかったよ」

「だが本当のことだ。ジンに触られただけで、わたしは恥知らずになってしまい、心も肉体も、彼のものだ…と思い知らされる……」

ロスフィールドが声に淫《みだ》らな抑揚を滲《にじ》ませると、ルイスはヒステリックに拒絶を放った。

「もう言うなッ、言うなッ」

スケッチブックを摑《つか》んだルイスの手が、ブルブルと震えている。彼の激情が鎮まるまで待ってから、今度はロスフィールドが問いかけた。

「わたしからも質問があるのだが、いいかな？　ルイス・クウェンティン」

「なんだい？　警視殿」

興奮した自分を恥じて取り繕うように、態《わざ》とおどけた調子で、ルイスは聞き返した。

「彼の、肉を食べたのか？」

ルイスは、ロスフィールドが何を指しているのかを察して、傷ついたような眼を見せた。

「まさかッ！　僕には人肉嗜食《カニバリズム》といった悪趣味はないよ。彼の尻肉《しり》は保存してあるんだ」

今し方、傷ついたようだった双眸《そうぼう》が、奇《あや》しく輝いた。

「見たいかい？」

「――ああ、見せてもらいたいな……」

逆らわずにロスフィールドが反応すると、ルイスは得意気に舌先を鳴らした。

「君なら、そう言うと思ったよ。他の奴等とは違うからな、特別に見せてあげるよ」

秘密の宝物を披露する子供のような無邪気さで、ルイスは冷蔵庫の中から、ガラス容器を取り出して来た。

「僕なりの、彼等に対する敬意の表われさ、一人一人、もっとも素晴らしい部分を採集してるんだよ」

切断面から筋肉の繊維が漂う肉片が、透明な保存液の中に浮いていた。

急いで戻さないと腐ってしまうとばかりに、ルイスは冷蔵庫へと取って返したが、ドアが開けられた拍子に、ロスフィールドの位置からは、少なくとも十個以上の容器が見えた。

冷蔵庫は他にも二台あり、冷凍庫もある。すべてに、ルイス・クウェンティンのコレクションが納められているのだ。

「君の時は、まず、髪や眉《まゆ》を抜いて僕に植毛したあと、頭蓋骨《ずがいこつ》を保存してあげるよ」

ルイスから狂気が溢《あふ》れてこようとしていた。

4

三日目　朝

ミランダとマーク事件の担当は、すでに殺人課から捜査支援課に移っていたが、スタンレーだけは、特別要請で五階にあるスミスのオフィスに招《よ》ばれる立場となった。

スタンレーにすれば、単独で捜査するつもりになっていたが、それでは危険だとばかりに、フランク・サイトがスミスと取り引きをしたのだ。

殺人課のウィルスキー警部補は、一時でも、殺人課から不良刑事スタンレーを追い払えたことに安堵《あんど》しながらも、貸し出しは二週間だけだと、スミスに釘《くぎ》を刺した。

「俺は、図書館の本なみだな」

ウィルスキーの言葉を聞いて悪態を吐《つ》いたスタンレーに、携帯電話を持ってスミスが近づいてきた。

「図書館の本の何割かは、返却されずに盗まれるんだそうだ」

今度は、そのスミスの言葉に、スタンレーの顔が歪《ゆが》んだ。

昨日もあまり眠っていないスタンレーだったが、不精髭《ひげ》もなく、薄汚れた格好もしていない。警察署のほぼ全員が、自分に、労《いたわ》りと、一分《いちぶ》の好奇心を向けていると判っていて、殊更に、平静を装っているのだ。

「必ず殺人課に返してくれよな…」

「解決したらな、ほらこの携帯を使え」

携帯電話を差し出し、スミスは持っているようにと強制した。

「こういうのは、持たない主義なんだ」

「駄目だ、たった現在《いま》から、俺がお前さんのボスだ。捜査支援課では、全員が携帯を持つ決まりになってる」

スミスの後ろに隠れるように立っていたハーディ刑事が、本当だとばかりに、自分の懐から同じ物を取り出して見せた。

別件の捜査に駆り出されていて、支援課にはほとんど人がいない状態で、スタンレーは、ハーディと組まされることになっていた。

仕方なく、承諾して受けとったが、革製外套《ブルゾン》のポケットにしまう時に、こっそりと電源を切った。スミスは気づかない素振りで、自分のデスクへ来るよう合図した。

デスクには、届けられたばかりの写真と報告書が、重ねあげられている。中から、ミランダ関係のものが引っ張り出された。

「浴槽から発見されたミランダの欠損部位には、微量のホルマリン反応があったそうだ。それが入っていたと思われる容器も発見されてて、蓋《ふた》の部分と、胴の部分にマークの指紋が付いていた。左手で瓶の胴を持ち、右手で蓋を開けたと思われる指紋だ」

順に写真を並べながら、スミスが報告書の内容を説明した。いつ読んで、説明できるまでに頭に叩《たた》き込んだのか——スタンレーは感心しながら耳を傾けていた。

「だが、同じく発見された凶器には、マークの指紋がない」

ミランダを抉《えぐ》った時に使用したと推測されるナイフには、指紋が一つも残っていない事実をスミスが告げた。

「処分するつもりで拭《ふ》いてあったのでしょうか？」

控え目にハーディが口を挟んだところへ、支援課の奥に設置されたガラス張りオフィスのドアが開き、ジェイソン・アールが顔を出した。

「警部、ちょっと来て、見てもらえますか？」

素早く椅子から立ちあがったスミスに従って、スタンレーとハーディも、ジェイソンのオフィスに入った。

「まずミランダ・ラコシですが、バスタブから回収された膣《ちつ》壁を擦過しても、体液や本人の分泌物も検出されませんでした。おそらく、保存しようと決めた人物が、体液に近い生理的食塩水で念入りに洗浄した結果だと思います」

心理分析官だったジェイソン・アールは、今年に入ってから捜査支援課に加わった新参者だが、すっかり馴染《なじ》んでいる。

「しかし先ほど、遺棄死体から検出されていた試料の結果が送られてきて、ミランダと肛《こう》門《もん》性交した相手はコーカソイドとモンゴロイドの混血だと判ったんで、俺のコンピュータに入れてみたんですよ」

「モンゴロイド…って、日本人ってことか？」

初めて聞かされた内容に、思わず声が大きくなったスタンレーを、ジェイソンが振り返った。

ヒスパニック系のジェイソンは、おおよそ人種差別など経験したことがないだろうスタンレー・ホークに、笑いかけた。

「犯人は、ドクター・ジンではないから心配しなくていいんじゃないか？　スタンレー」

そして彼もまた、スタンレーとジンとの噂を、面白半分に口にした。

「よせよッ、それで、誰なんだ？」

殺気立つスタンレーから、さすがにジェイソンも冗談を引っ込め、キーボード操作に戻った。

最新のコンピュータシステムを取り入れた彼のオフィスは、スタンレーには居心地の悪い空間であり、ディスプレイに検索事項が表示されてゆくのを見ていると、いっそう苛《いら》ついたが、便利さを認めない訳にはいかなかった。

「俺のコンピュータが、犯罪状態から容疑者の特性を類推し、過去のデータからそれに共通する人物を割り出した結果、興味深い人物をピックアップしてくれたんだよ」

捜査支援課の刑事は、スミスを筆頭に、オタク系《ナード》ばかりが集まっている。

「前科のある奴だったのか？」

「極めて有力な該当者がいたと言うだけだよ」

急くスタンレーに明言を避けて、ジェイソンはディスプレイの映像を切り替えた。

画面に現われたのは、はっきりとした輪郭の顔立ちに、ブルネットの巻き毛を持った若い男の写真で、モンゴロイドの血が混じっているとは、一見して判らなかった。

「彼の名前はダニー・メイカー。十七年前、いかがわしい秘密クラブのショーで相手の女を死なせて逮捕された時の記録が残っていたんだ」

言葉に嫌悪をまじえながら、ジェイソンが続けた。

「結局、いい弁護士がついたのと、周りの変態仲間の証言があって、この時は過失致死扱いで不起訴になったんだが、女の死因は、ＳＭプレイの最中に首の拘束具が絞まったことによる窒息。今回のキーワードを打ち込んだら、類似事件としてあがって来た」

「血液型も一緒なんだな？」

確認するようにスタンレーが訊《き》くと、ジェイソンが肯《うなず》いて答えた。

「ダニー・メイカーはAB型Rhマイナスだよ」

「これで、犯人は自分の痕跡《こんせき》を消すために刈り奪《と》ったというのも当てはまりそうだな」

黙って聞いていたスミスは独りごちるように言うと、次にジェイソンに向き直り、命じた。

「この写真を何枚かプリントアウトしてくれ、それから、現在ダニー・メイカーがどこにいるのか、つきとめられるか？」

「ダニーの写真は十七年前のものです。現在は、三十八歳になってるでしょうし、照合には時間が掛かりますよ」

「あんたのコンピュータなら、わけないさ」

嫌味でなく、スタンレーがそう言うと、ジェイソンが、片目を瞑ってみせた。

「仮にダニー・メイカーでなくとも、今回の犯人は、知的で用意周到な人物、高度な教育を受けている可能性があるよ。それから、なにかに強い拘《こだわ》りがあるかも知れないな…例えば瓶の入手経路とかも要注意だね」

プリントアウトされた写真を手渡す時に、ジェイソンはスタンレーに忠告を与えてくれた。

頭の裡《なか》に覚え込ませながらも、この時スタンレーは、手にした写真の男ダニー・メイカーに、どこかで見覚えがあるような気がしていた。

特に、冷たく、無機質なブラウンの眼に、引っ掛かりを感じる。

スタンレーは記憶力がいいのだ。

だが、記憶のどこからも検索できなかった。

ジェイソンのオフィスから出ると、スミスのデスクには、新たな報告書があがって来ていた。

ミランダ殺しの参考人として警察に呼ばれたマーク・ハイツは、ホテルに戻ると部屋から七件の電話を架《か》け、自殺するまでの間、三度、同じ番号に架け続けていた。

その電話の相手が判ったのだ。

報告書を片手に、スミスが二人に説明した。

七件の内訳は、ホテルの支配人、郷里の母親、フィリップ・ラクロウ、パーソン弁護士事務所にそれぞれ一度ずつ、三度も架電している相手は、ルイス・クウェンティンだった。

「ルイス・クウェンティンッ」

火傷《やけど》したように、スタンレーが叫んだ。

「知り合いか？」

「社交クラブの色男さ、ミランダのディナーショーにも来てて、ロスフィールドに興味があるみたいだった。ついでに、子供みたいな女が好きだがな…」

スタンレーはハッとした。

ディナーショーの後で、ルイスに尾行された時のことを想い出したのだ。彼の車も白い高級車だった。白い車など、大して珍しくもないと今まで気にとめなかったが、改めて考えると、気になった。

「警視に興味を持っていたというのは、確かか？」

興味深げに、スミスの双眸《そうぼう》が輝いた。

スミスの裡《なか》では、アリスター・ロスフィールド警視の絶世の美男子ぶりは、スタンレーとジンとの無責任な噂とは違い、重く考えられるべき事柄になっていたのだ。

「ジェイソンに頼んで、ルイス・クウェンティンの経歴についても調べてくれないか。いままで、気にしてなかったが、奴も白の車に乗ってる…」

「いいだろう。だがルイスは一番後だ。午後から、他の四件に当たってくれ」

「判った。少し早いが、昼飯を食って来るよ、ハーディ、一時間後にな」

出て行こうとしたスタンレーを、さらにスミスが呼び止めた。

「携帯の電源が入ってないぞ」

「チッ」と、スタンレーは舌を鳴らし、わざとらしく取り出し、電源を入れて見せた。

殺人課に戻ったスタンレーは、自分の机に置かれたバートからの差し入れサンドイッチを持つと、フランクのオフィスへ向かった。

十六時からの予約をキャンセル出来ずに、ジン・ミサオはクリニックへと出勤して来た。ロスフィールドが行方知れずになって、三日目に入り、さすがのジンも、すべての手配を終え、各方面から入って来る連絡を待つだけになっていた。

表向き、ロスフィールドは体調不良で休暇中と届けているが、マクレランへは、まだ報《しら》せていない。

報せることを、ロスフィールド自身が好まないだろうと判っていたからだ。

もしも、一族が乗り出して来たならば、ロスフィールドが現在得ている束の間の安寧は失われ、これから先の人生を、旧《ふる》く、貴く、邪悪な血を継承する一族の後継者、アリスティア・マクレランとして生きなければならない可能性が高いからだ。

二人の仲も引き裂かれるだろう。それを思うと、ジンは、自分のネットワークを使って調べるしかなかった。

本当は、仕事なども放って専念したいが、何日も休んでもいられず、それに署に出ていることで入って来る情報もあるのだ。

警察庁舎と隣接した敷地に建つクリニックの駐車場は、来訪者のプライバシーを慮って、いささか入り組んだ造りになっている。

専用駐車スペースの隣に、今日は黒のステーションワゴンが停められていて、開いた横のドアから、ダークブルーの作業着《ジャンプスーツ》に、つばの広いフィールドキャップを被《かぶ》った男が、なにか組み立てているのが見えた。

駐車スペースに乗り入れたジンが、車を降りて荷物を出すためにトランクを開けようとした時、ステーションワゴンの男が振り返った。

「あ、あの…」

呼び止められ、男を見たジンだったが、彼はまだ知らなかった。

名前も、噂も、スタンレーから聴かされていたが、実際に、ルイス・クウェンティンの顔を見たことはなかったのだ。

「なんですか？」

「これ、落ちてたんですが…」

ワゴン車の男が見せようとした物に顔を近づけた瞬間、強烈な喪失ガスを正面から浴びせられ、ジンは、呻《うめ》きも立てられずに、頽《くずお》れた。

ルイスは、素早くジンをワゴン車の中へ引き摺《ず》り込み、後ろ手に手錠をかけ、猿轡《さるぐつわ》をかませた。

それから五分間は、車の中でじっと周りを探っていたが、誰も飛びだしてこないところから目撃されていないと判断して、エンジンをかけ、ゆっくりとバックギアに入れた。

5

四日目　明け方

ジンの覚醒《かくせい》を促したのは、腹部を思い切り蹴《け》りあげられたことによる激痛だった。

「ウ——……」

重苦しい呻きが、ジン・ミサオの口唇《くちびる》から洩《も》れる。

腹部を庇《かば》って身体を前屈《かが》みにさせたジンだが、いつの間にか全裸にされ、後ろ手に手錠をかけられていたため、防御も抵抗も制限されてしまった。

「この、ジャップめッ」

烈しい罵《ののし》りの言葉とともに、尖《とが》った靴先が続け様に繰り出されて、ジンを蹴った。

一方的な暴力に身体を預けながらも、ジンは素早く部屋の中を見回し、ロスフィールドを、発見した。

薬品を嗅《か》がされた頭の芯《しん》が、まだはっきりしないが、瞬間、自分の置かれた状況を忘れるほどの、怒りを感じた。

あろうことか、彼の愛するロスフィールドは、全裸姿で革の首輪を嵌《は》めさせられ、鎖で繋《つな》がれていたのだ。

青い瞳《ひとみ》が、痛めつけられるジンを凝視《みつ》めている。

二人は、眼と眼とで、無事を確かめあった。

離れていた時間を悲しみ、再会を喜んでから、自分の役割に戻った。

ロスフィールドは、自分が干渉することによって、いっそうルイスを煽《あお》ると判っていて、ゆえに暴行を黙認する。

ジンの方は、何度か抵抗を試みようとした挙げ句にルイスの怒りを買い、一際力のこもった、的確な足蹴りを喰《く》らって、瞬間的に意識を手放した。

「手間をかけさせる」

忌々しげに舌を鳴らしたルイスは、動かなくなったジンから、壁際に凭《よ》り掛かったロスフィールドへと視線を移した。

「彼を殺すつもりなのか？　ルイス・クウェンティン…」

おそらく、意識を取り戻しているだろうジンに聞こえるように、ロスフィールドがルイスの名前を呼んだ。

「金で君を弄《もてあそ》んできた奴だ、殺す前に、たっぷりと思い知らせてからにするよ」

本当は、直ぐにでも殺すつもりだったが、裸にしたジン・ミサオを見ているうちに興味が湧き、ルイスは考えを変えたのだ。

日本人を憎んできたが、これだけの美貌《びぼう》と身体の持ち主であれば、しばらく生かしておくだけの価値はあった。マークを殺した所為《せい》でクスリの入手が困難になった――と、不満を洩らす伯爵の機嫌取りに抱かせてもいいと思ったのだ。

ロスフィールドが虜《とりこ》になるほど、セックスに長《た》けているのならば、なお好都合だった。

それからルイスは、警察庁舎と隣り合わせたクリニックの駐車場から、いかにしてジン・ミサオを拉致《らち》したのか、酔ったように捲《まく》し立てた後、

「直ぐに、スタンレーも連れて来てやるからな…」そう言って、瞳に昏《くら》い光を宿らせた。

一頻《ひとしき》り興奮が去ると、ロスフィールドを凝視《みつ》める双眸《そうぼう》から邪悪な光が弱まり、ルイスに自制心が戻ってきた。

「不思議だな、もう四日目なのに、どうして君は少しも弱らないんだろう？　腹は空《す》かないのか？　助けてくれと叫ばないのか？」

ルイスは、ロスフィールドが凭《よ》り掛かっている壁や、リノリウムが剝《は》げて土台のコンクリートがむき出しになった床を指し示してから、言葉を継いだ。

「空腹に耐えかねて、壁紙や床材を食べた者もいたよ。タオルとかもね……」

猜疑《さいぎ》に心を苛立《いらだ》たせながら、ルイスが問い掛けてきた。

「なにか……食べてるのかい？」

「言っても、君は信じないよ」

自分に注意を引き付けておくために、ロスフィールドは勿体《もったい》ぶった口調で、ルイスを翻《ほん》弄《ろう》した。

「やっぱり、どこからか食べ物を手に入れてるんだね？」

「いいや、食物ではないよ。君に殺された男たちの遺《のこ》した恨みや、無念が、わたしに力を与えてくれるのだよ」

呆気《あっけ》にとられたような顔をしたが、直ぐにルイスは喉許《のどもと》で笑った。

「そんな話をして、僕を騙《だま》そうったって駄目だよ」

まだ笑っているルイスの後ろで、倒れていたジンが、ゆっくりと起きあがった。

後ろ手に拘束されてはいるが、首輪までは嵌められていない。今が、チャンスとばかりに、ジンが力を撓《たわ》め、ルイスへ挑みかかった。

「ウワッ」

蹴り飛ばされた衝撃に、ルイスは壁際まで転がったが、却《かえ》ってジンとの距離が空いてしまったことで、反撃の余裕が出来た。

「こいつッ」

激昂《げきこう》が、ルイスを衝《つ》きあげた。彼は、作業着の腰ポケットに忍ばせていたナイフを取り出すと、ジンに向かった。

「アッ…ウッ――…」

呻《うめ》いたのはジンの方だった。

ハッとなったロスフィールドが見たものは、腹部にナイフを突き立てられ、床に頽《くずお》れるジンの姿だった。

「まだ殺さないが、刻んでやるッ」

「ク――ッ…」

刺したナイフを縦に滑らせ、ルイスはジンを呻かせながら引き裂いた。

「よせ、ルイスッ」

ロスフィールドが叫んだ。

「止めてくれ、ルイス・クウェンティンッ、これ以上、彼の身体を傷つけるのはやめてくれ……」

抜き取ったナイフを振り翳《かざ》したルイスは、ロスフィールドを横目に睨《にら》みつけた。

「こいつを助けたいのか？」

真紅の血が身体から流れて、床に広がってゆく。予想以上のダメージなのか、ジンは起きあがれなかった。

「わたしにとっては掛け替えのない人なのだ。こんな扱いはしないでくれッ」

「君ともあろう者が、こんな男の命乞《いのちご》いをするのかい？」

動揺したロスフィールドの哀願に、ルイスは眼を剝《む》いた。

「彼を傷つけないでくれ…」

嘆きが、ルイスから放たれた。

「君が…そんなそんな切ない顔をするとはね。セックスがいいって言っていたけど、だからこいつの肉体に執着するんだな？」

独り善がりの解釈で、ルイスは自己完結してゆく。

「そうか！」

閃《ひらめ》くものがあり、ルイスが叫んだ。

「君は知らないんだ。初めての男がこいつで、他にはスタンレーしか知らないから、そんな間違った愛着を抱いてるんだ。そうか、判ったぞ、君は経験不足なんだよ」

ルイスは、食塩水を注入し、人為的にセクシーな厚みを作り出している口唇《くちびる》を歪《ゆが》め、飢えた狼のような唸《うな》り声を発した。

「僕が、これから君に相応《ふさわ》しい男を捜してきてやるよ」

ジンを拘束する首輪の買い置きはないが、後ろ手にして手錠で繋《つな》いである。さらにルイスは、出血と傷の具合を見て逃げられないだろうと判断したものの、念の為にもう一度、右大腿部《だいたいぶ》に両刃のナイフを突き刺した。

「アアッ」

叫んだのはロスフィールドだった。

刺されたジンの方は、ピクリとも動かない。

「いい子で待ってるんだよ」

奇《あや》しく双眸を光らせ、ルイスは、傷つけたジンから離れた。

崇《あが》め、一体化を望んでいたロスフィールドが、よりにもよって日本人を愛しているなどと、ルイスには許容できなかった。

なにかで、償わせなければならない。ふたたび、自分の理想に戻さなければならない。

同時にルイスは、ロスフィールドを徹底的に破壊したいという、相反する欲求に駆られていた。

ルイスが去り、微《かす》かな空気の振動で車が遠ざかってゆくのが判ると、倒れていたジンが身動《みじろ》ぎ、床を這《は》うようにして、ロスフィールドの元へと来た。

「…ジン——…」

抱き留めたロスフィールドが、彼の身体を浴室へと運び、冷たい水で傷口を流した。

出血が止まると、傷口が開かないように左右から押さえ、ロスフィールドは痛々しい身体に、口づけた。

「すまない、わたしのせいで……」

ロスフィールドは滲《にじ》み出てくる血を舐《な》めて、傷を癒《いや》そうと懸命になっている。

横たわり、されるがままのジンは、うっすらと口許を綻《ほころ》ばせた。

「こんな風に、あなたに労《いたわ》ってもらえるのなら、もう少し彼にいたぶられてもよかったですね」

「なにを言っているんだ、ジン、わたしの方が辛《つら》いよ……」

「アリスティア、わたしにとって苦痛と言うのは、それほど大きな意味を持ってはいないのです。精神と肉体とを分離することによって、被る打撃を最小限に抑えられるのです。それに、足は大した傷ではありません。腹部の傷も、全治二週間といったところですよ」

ルイスはまだ、ジンを殺すつもりはないのだ。

「スタンレーの言った通り、ルイス・クウェンティンは危険な男でしたね…」

「そういえば、君は顔を知らなかったのだな…」

「ええ、それにしても、あなたに対する深い執着ゆえでしょうが、わたしへの憎しみが激しい。彼になんと言って、わたしを紹介したのです？」

それから二人は、今までの経緯《けいい》を互いに話し合った。

ロスフィールドは、ルイスが殺人者であり、殺すと決めた男たちをスケッチし、死後は肉体の一部を採集していることを話した。

「わたしの貌《かお》が気に入ったらしい。それで、頭蓋骨《ずがいこつ》を保存したいそうだ」

「肉体の採集家《コレクター》――ですか、悪趣味ですね……」

興味深げに聴いていたジンが、ミランダ殺しを認めたマーク・ハイツの死について、ロスフィールドの知らない部分を説明した。

マークが使っていた部屋のバスタブには、ミランダから抉《えぐ》り取った肉体の一部が、保存液に浸されていたと推測できる状態で発見されたのだ。

「公園で彼女を殺したのは、ルイスだ。彼も認めている、……だが、わたしが原因をつくったようなものだ」

「それを言うならば、スタンレーにも原因があります。囮《おとり》捜査で、あなたとルイスを出会わせたのは彼です。ミランダにあなたの存在を気づかせてしまったのもスタンレーなのです。ですから、あなたのように考えていては、なにも出来なくなりますよ」

ジンは、罪の意識を感じているロスフィールドを否定し、言葉を継いだ。

「ミランダは、自分の人生を、短く、でも鮮やかに生きたのです。彼女のために、わたし達がしてやれることは、これ以上ルイス・クウェンティンに犯行を繰り返させないことです」

「確かに、そうだな……」

ミランダのために殉じる覚悟を持ったロスフィールドだったが、バスルームに残留する

――『かれら』が、赦《ゆる》さなかった。

連日のようにロスフィールドは、ルイスを滅ぼさなければ、また新たな犠牲者がこの場で、苦しみの末に殺されるのだと、『かれら』によって、責めたてられていたのだ。

同じことを、ジンも言う。

「アリスティア、死ぬ時は一緒です。でも、それはここではない。ルイスは、わたし達をひとつに葬ってはくれないでしょうからね」

青い瞳《ひとみ》が、ハッと瞠《みひら》かれた。

「それは、いやだ…」

「生きる意欲が湧いてきましたか？」

頷《うなず》いたロスフィールドを見て、満足そうに、ジンの方は双眸《そうぼう》を閉じた。

「少し、休みます…、あの男が戻ってくるまで――…」

「ジン――…」

ロスフィールドは添い寝の形で身体を押しつけると、ジンを楽にさせるために、自分の腕枕をあてがった。

「暖かい…気持ちがいいですね……」

体温を感じ、ジンが、呻くように言った。

「痛むのか？」

「少し…、でも、あなたがキスしてくれたら、もっと良くなりますよ」

茶化した言い方だが、求められているのが判って、ロスフィールドは覆い被《かぶ》さるようにして、上からジンの口唇《くちびる》を吸った。

差し入れた舌先で、歯並びを舐めてから、さらに口腔《こうこう》へと滑り込ませると、ジンの舌が絡みついてきた。

口唇《くちびる》を離して、ロスフィールドは青ざめたジンの顔を見た。

「もっと、…アリスティア」

黒い水晶の瞳が、ロスフィールドを凝視《みつ》めた。

「もっとキスをして、でないと、わたしは死んでしまいそうです…」

薄く、形の良い口唇《くちびる》が笑っている。

だが、血の気を失って、土気色だった。

ロスフィールドは、ジンの冷たい頬に頬をつけ、親鳥のように身体を包み込むと、ぬくもりと、愛を注いだ。

状態は最悪だったが、二人は、幸せだった。

本書は、芳文社より一九九七年八月に刊行された『スタンレー・ホークの事件簿III　二重自我―ドッペルイッヒ―』と、一九九七年十一月に刊行された『スタンレー・ホークの事件簿IV　採集家―コレクター―』の一部を加筆・修正し、文庫化したものです。

スタンレー・ホークの事件簿《じけんぼ》Ⅲ

二重自我《にじゅうじが》──ドッペルイッヒ

山藍紫姫子《やまあいしきこ》

角川文庫 17546

平成二十四年八月二十五日　初版発行

発行者──井上伸一郎
発行所──株式会社角川書店
東京都千代田区富士見二─十三─三
電話・編集（〇三）三二三八─八五五五
〒一〇二─八〇七八
発売元──株式会社角川グループパブリッシング
東京都千代田区富士見二─十三─三
電話・営業（〇三）三二三八─八五二一
〒一〇二─八一七七
http://www.kadokawa.co.jp
印刷所──旭印刷　製本所──BBC
装幀者──杉浦康平

や 35-8　ISBN978-4-04-100246-9　C0193

角川文庫発刊に際して

角　川　源　義

　第二次世界大戦の敗北は、軍事力の敗北であった以上に、私たちの若い文化力の敗退であった。私たちの文化が戦争に対して如何に無力であり、単なるあだ花に過ぎなかったかを、私たちは身を以て体験し痛感した。西洋近代文化の摂取にとって、明治以後八十年の歳月は決して短かすぎたとは言えない。にもかかわらず、近代文化の伝統を確立し、自由な批判と柔軟な良識に富む文化層として自らを形成することに私たちは失敗して来た。そしてこれは、各層への文化の普及滲透を任務とする出版人の責任でもあった。

　一九四五年以来、私たちは再び振出しに戻り、第一歩から踏み出すことを余儀なくされた。これは大きな不幸ではあるが、反面、これまでの混沌・未熟・歪曲の中にあった我が国の文化に秩序と確たる基礎を齎らすためには絶好の機会でもある。角川書店は、このような祖国の文化的危機にあたり、微力をも顧みず再建の礎石たるべき抱負と決意とをもって出発したが、ここに創立以来の念願を果すべく角川文庫を発刊する。これまで刊行されたあらゆる全集叢書文庫類の長所と短所とを検討し、古今東西の不朽の典籍を、良心的編集のもとに、廉価に、そして書架にふさわしい美本として、多くのひとびとに提供しようとする。しかし私たちは徒らに百科全書的な知識のジレッタントを作ることを目的とせず、あくまで祖国の文化に秩序と再建への道を示し、この文庫を角川書店の栄ある事業として、今後永久に継続発展せしめ、学芸と教養との殿堂として大成せんことを期したい。多くの読書子の愛情ある忠言と支持とによって、この希望と抱負とを完遂せしめられんことを願う。

一九四九年五月三日

角川文庫ベストセラー

仮面——ペルソナ
スタンレー・ホークの事件簿Ⅰ
山藍紫姫子

タフでクールな刑事スタンレーと、貴族的な美貌の持ち主ロスフィールド警視、そして得体の知れない魅力を湛えた精神科医ジンが事件に挑む。三人のドラマチックな活躍を描く耽美の女王の代表作。

葛藤——アンビヴァレンツ
スタンレー・ホークの事件簿Ⅱ
山藍紫姫子

凄惨な強盗殺人の囮捜査のために社交クラブに潜入したロスフィールド警視に危機が迫る！　不良刑事スタンレーと精神科医ジン。三人の男達の息の詰まるほどの三角関係を描く大人気シリーズ第二弾。

花夜叉
山藍紫姫子

能の名門藤代流の若き後継者・篠芙。彼は稚い頃から、観月の四長老にその身を捧げ、廃絶した藤代流を復興させるための贄となってきた。男たちに弄ばれ支配された篠芙の秘めた想いとは——。禁断の愛の物語。

色闇
山藍紫姫子

江戸時代。蠱惑的な美貌を持つ色若衆、月弥は闇の司法官とも言われる牙神にとらわれ、密偵となることを強要される。心よりも先に身体を支配されてしまった月弥だったが——。短編「狗」を収録。

アレキサンドライト
山藍紫姫子

氷のような美貌の貴族シェリルは、隣国の軍人マクシミリアンに捕らえられた。彼は妹を死に追いやったシェリルに復讐を企んでいたのだ。狂おしいまでの、男たちの官能の美を描く長編耽美小説の決定版。

角川文庫ベストセラー

王朝恋闇秘譚　山藍紫姫子

平安王朝期。高貴な家に生まれながら政変に巻き込まれた綾王と吉祥丸の兄弟。弟を守るために自らの体を高僧に捧げる兄と、真実を知らずに兄を軽蔑する弟。めくるめく禁断の愛と官能の物語。

堕天使の島　山藍紫姫子

義父に陥れられ、絶海の孤島にある更生施設に連れてこられた秋生の運命は……逃げ場のない空間に置かれた少年たちの愛と官能を、時に繊細に、時に荒々しく描き、読者から大きな支持を得た傑作！

三毛猫ホームズの推理　赤川次郎

時々物思いにふける癖のあるユニークな猫、ホームズ。血、アルコール、女性と三拍子そろってニガテな独身刑事、片山。二人のまわりには事件がいっぱい。三毛猫シリーズの記念すべき第一弾。

三毛猫ホームズの追跡　赤川次郎

片山晴美が受付嬢になった新都心教養センターで事件が……金崎沢子と名乗る女性が四十数万円の授業料を払い、三十クラスの全講座の受講生になった途端に、講師が次々と殺されたのだ。

三毛猫ホームズの怪談　赤川次郎

西多摩のニュータウンで子供が次々と謎の事故に見舞われ、近くの猫屋敷の女主人が十一匹の猫とともに殺された。そして第二、第三の殺人が……楽しくてスリリングな長編ミステリ。

角川文庫ベストセラー

三毛猫ホームズの狂死曲《ラプソディー》　赤川次郎

命が惜しかったら、演奏をミスするんだ。脅迫電話を片山刑事の妹、晴美がうけてしまった！　殺人、自殺未遂、放火、地震、奇妙な脅迫……次々起こる難事件を片山、いやホームズはどうさばく？

三毛猫ホームズの駈落ち　赤川次郎

大富豪……片山家と山波家は先祖代々伝統的に（？）犬猿の仲が続いていた。片山家の長男義太郎と山波家の長女晴美が駈け落ちするに至り、事態は益々紛糾した。それから十二年。

ダリの繭《まゆ》　有栖川有栖

サルバドール・ダリの心酔者の宝石チェーン社長が殺された。現代の繭とも言うべきフロートカプセルに隠された難解なダイイング・メッセージに挑むは推理作家・有栖川有栖と臨床犯罪学者・火村英生！

海のある奈良に死す　有栖川有栖

半年がかりの長編の見本を見るために珀友社へ出向いた推理作家・有栖川有栖は同業者の赤星と出会い、話に花を咲かせる。だが彼は〈海のある奈良へ〉と言い残し、福井の古都・小浜で死体で発見され……。

朱色の研究　有栖川有栖

臨床犯罪学者・火村英生はゼミの教え子から2年前の未解決事件の調査を依頼されるが、動き出した途端、新たな殺人が発生。火村と推理作家・有栖川有栖が奇抜なトリックに挑む本格ミステリ。

スタンレー・ホークの事件簿Ⅲ

二重自我―ドッペルイッヒ

山藍紫姫子

角川文庫 17546